i
imaginist

想象另一种可能

理
想
国
imaginist

ALLER TAGE ABEND by Jenny Erpenbeck
Copyright © 2012, Albrecht Knaus Verlag,
a division of Verlagsgruppe Random House GmbH, Munich, Germany
All rights reserved

著作权合同登记图字：23-2023-066

图书在版编目（CIP）数据

白日尽头/（德）燕妮·埃彭贝克著；胡烨译. --
昆明：云南人民出版社，2023.9（2025.1重印）
 ISBN 978-7-222-22072-0

Ⅰ.①白… Ⅱ.①燕… ②胡… Ⅲ.①长篇小说－德国－现代 Ⅳ.①I516.45

中国国家版本馆CIP数据核字(2023)第177835号

特约策划：雷　韵
责任编辑：金学丽
装帧设计：LitShop
内文制作：陈基胜
责任校对：柳云龙
责任印制：代隆参

白日尽头

[德] 燕妮·埃彭贝克 著　胡烨 译

出　版	云南人民出版社
发　行	云南人民出版社
社　址	昆明市环城西路609号
邮　编	650034
网　址	www.ynpph.com.cn
E-mail	ynrms@sina.com
开　本	787mm×1092mm　1/32
印　张	9.75
字　数	151千
版　次	2023年9月第1版　2025年1月第3次印刷
印　刷	山东韵杰文化科技有限公司
书　号	ISBN 978-7-222-22072-0
定　价	64.00元

Jenny Erpenbeck

ALLER TAGE ABEND

白 日 尽 头

[德] 燕妮·埃彭贝克 著　　胡烨 译

给沃尔夫冈

去年夏天我们还从这里出发,前往玛丽亚温泉市。
现在呢?我们现在去往何处?

——W. G. 塞巴尔德《奥斯特利茨》

目 录

1 第一卷
69 间 奏
75 第二卷
137 间 奏
143 第三卷
203 间 奏
217 第四卷
251 间 奏
257 第五卷

300 致 谢

第一卷

1

主赐予的,主又收回。[*]外祖母在墓坑边对她说。但这话不对,主收回的,远比曾经存在过的要多得多——还有这孩子本可能长成的一切样貌,现在都躺在下面,等着被掩埋。三把泥土,背着书包跑出家门的小女孩躺在了地下,书包上下跳动,孩子的身影越来越远;三把泥土,苍白的手指弹奏着钢琴的十岁女孩躺在下面;三把泥土,头发闪着引人瞩目的赤铜色光泽的少女被埋葬了;三把泥土,那位

---

[*] 出自《圣经·约伯记》1: 21,中文"和合本"《圣经》译为"赏赐的是耶和华,收取的也是耶和华"。——译者注(本书脚注皆为译者注)。

成年女子——她会接过行动开始变得迟缓的母亲手头的活儿，对她说：哎，母亲——被落入口中的泥土窒息。三把泥土之下，躺着一位老妇人——她自己也变得行动迟缓，有时会有另一位年轻女子或是男孩对她说：哎，母亲——现在她也等着人们把土抛到她身上，直到墓坑被完全填满，填得比满还要更满一些，因为尸体会在坟上隆起土丘，哪怕它被深埋在无人能看到的地下。一个意外身亡的婴儿身上几乎不会隆起土丘。那个土丘本该和阿尔卑斯山一样大，她想，尽管她从未亲眼见过阿尔卑斯山。

她坐在小时候听外祖母讲故事时就常坐的那个脚凳上，这是唯一一件她问外祖母要来放在自己新家的东西。她坐在门廊里这个脚凳上，背靠着墙，闭着眼，碰也不碰朋友放在她面前的食物和水。她会像现在这样一直坐上七日。* 丈夫试图扶她起来，但没成功。当他关上房门终于离开时，她才松了口气。就在上周五，曾外祖母还摸着那个睡着了的孩

---

* 犹太丧礼习俗，为近亲进行七天的守丧，称为"坐七"（shiva）。

子的头,唤她小姑娘[*]。她生下孩子,让自己的外祖母成了曾外祖母,母亲成了外祖母,如今这些转变又全都被取消。前天,她的母亲——当时还被唤作外祖母——送来一条羊毛毯,天冷了,带孩子去公园散步时得加条毯子。昨晚丈夫冲她大喊大叫,说她总该做点什么。但她不知道遇到这种情况该怎么办。在他大喊大叫之后,在她当晚不知道该做什么的那几分钟之后,在她丈夫同样不知道该怎么办的那一刻之后,他再也没有和她说过话。陷入绝境的她去找母亲,她现在不再是外祖母了,母亲让她回家等着,她会遣人过去。丈夫在客厅里来回踱步,而她不敢再去碰孩子。她把所有装着水的桶提到屋子外面倒空,用床单盖住门廊里的镜子,把孩子所在的房间的窗户朝着夜色打开,然后她自己就坐在摇篮旁。这些行为让她回想起为人类所占据的那一部分生活。但不到一小时之前发生在她家中的事,是任何人类的手都握不住的。

孩子出生时也是如此,到现在还不满八个月。

---

[*] 原文为意第绪语。

整整一夜，接着又是一天一夜，孩子还没出来，她想到了死。那段时间她与生活离得是那么远：远离在外面等候的丈夫；远离坐在房间角落里一把椅子上的母亲；远离忙着摆弄水盆和毛巾的助产士；远离那据说存在于她腹中，但把自己楔入隐形之处的孩子——她有这种感觉已经很久了。生产后的早晨，她从床上看到所有人都在做着自己该做的事：此刻已成为外祖母的母亲在接待一位前来道贺的朋友；成了曾外祖母的外祖母带来印有《诗篇》第二十一篇的婴儿床头护身符以及新鲜出炉的蛋糕；丈夫去了酒馆，为孩子的平安健康喝一杯。她自己则把孩子抱在怀里，孩子穿的衣物上有她自己、她母亲和外祖母在孩子出生前几个月绣的花。

而现在，一切也有规有矩。日出时分，母亲派的人来了，他们把孩子从摇篮里抱出来，用布裹好，放到一个大的运尸架上。这个包裹太轻太小了，他们下楼梯的时候得有一个人扶着它，否则就会滚下去。当心别从楼梯上摔下来。*搭把手。她知道，孩

---

* 原文为意第绪语。

子必须在当天下葬。

她坐在结婚那天外祖母送给她的小木凳上，闭着眼，就像她见其他人在哀悼时所做的那样。她也曾给哀悼者端上食物，现在则是她的朋友将一碗碗食物端来摆在她脚边。昨晚她倒空了屋子里所有的水，因为人们说死亡天使会用这些水洗濯长剑；她遮住镜子，打开窗户，因为她见过其他人这样做，但也因此孩子的灵魂便不会再回来，而是永远飞走了；她要在这里一直坐上七天，因为她见过其他人是这么坐着的，但也因为她完全不知道自己还能去哪儿，孩子的房间在昨夜变成了一个残酷的地方，她不愿再踏足其中。她想，人类这些习俗就像建起一座栈桥，通往非人的世界，像是什么抓得住的东西，让遭遇海难的人把自己拉上来——如果真能拉上来的话。她想，如果世界是由偶然性而不是上帝决定的，那该有多好。

被子太厚了，也许是这个原因。也许因为孩子是仰面睡的。也许是孩子噎住了。也许孩子病了，只是没人知道。也许是门挡住了，让人听不清孩子的哭喊。此刻她听到孩子的房间里传来母亲的脚步声，不用看就知道她在做什么：她把被子和枕头从摇篮里拿出来，拆下套子，把摇篮顶篷从木架子上取下来，然后把摇篮推到一边。她怀里抱满了要洗的衣物从房间里出来，经过了坐在脚凳上、始终双眼紧闭的女儿，把所有东西都拿到楼下洗衣间去了。因为她还太年轻，不知道该怎么办。因为母亲从来没有和她说过这些事情。因为她的丈夫也同样不知所措。因为她基本上都是独自一人在带孩子，要让这个生命存活下去。因为没有人事先告诉过她，生活不是像机器一样运转的。母亲又回来了。她走过时取下了盖在门廊镜子上的床单，将它折叠起来，带到婴儿房里去。她把它放到了箱子的最底部——箱子就是出于这个目的带来的。然后她从橱柜的抽屉里拿出孩子的东西，和床单一起放进了箱子。在孩子出生前的几个月里，她这个孕妇、她的母亲和外祖母，缝制和编织了这些外套、连体衣和帽子，给它们绣上花纹。母亲现在关上了空抽屉。橱柜上面放着一个带有小银铃的玩具。她拿走这个玩具时，铃铛发出叮叮当当的声音。铃铛昨天也是这样叮叮当当地响，当时她的女儿自己还是一位母亲，还在和她的孩子玩耍。叮当声在此后的二十四小时并无任何改变。现在她的母亲把玩具放到箱子的最上面，合上箱盖，提着它走出了房间，穿过走廊，经过女儿身边，把它带去了地下室。或许也因为，孩子还没有受洗，而孩子父母的结合只是所谓的民事婚姻*。按照犹太习俗，今天孩子要下葬了，按照犹太习俗，她要在脚凳上坐七天，然而丈夫还是没和她说话。他现在肯定是在教堂里，为孩子的灵魂祷告。孩子的灵魂现在能去哪儿呢？去炼狱？天堂？还是地狱？还是就像有的人说的那样，这孩子属于那一类人，他们只需要短暂的时间来了结另一世生命中的某些事——他们的父母对此毫不知情——这也是为什么他们很快就会回到原来的地方？她的母亲又来了，走进孩子的房间，关上了那里的窗子。也许生命的彼岸只是一片虚无？房子里现在一片死寂。这正是她此刻需要的。

夜幕降临，她的乳房开始胀痛。她还有奶水，给一个躺在地下的孩子的奶水。她宁可因为有这么

---

* 原文为意第绪语。

多奶水而死掉。孩子还在大口大口喘着气，随后渐渐变得青紫，她在脑海中无时无刻不想把自己的余生送给孩子，想和她祖先们的上帝做一笔交易，用她自己的生命去换回那个来自她的生命。但是上帝——如果他存在的话——没有接受她所奉上的。她还活着。她突然想起来，自她结婚后外祖母就不允许她去探望外祖父了。直到孩子出生，得让外祖父瞧瞧，她才知道就在她这个孙女嫁给戈伊*的那天，外祖父就为新娘进行了坐七仪式，尽管他身体虚弱，还是在床上坐了七天。从外祖父所信奉的那个天堂往下看，她已经越过生死的边界，不再拥有任何可以与神交换的东西。夜晚来临，她将盛着食物的碗推到一边，在脚凳边躺下睡觉。她没有听到母亲是什么时候上床睡觉的。她也没有听到丈夫是什么时候回来的。就在这天夜里的某个时刻，在这座北纬50.08333度、东经25.15000度的加利西亚小城，距离一个婴儿的意外死亡，恰好过了二十四小时。

---

* 原文为意第绪语：Goj，指非犹太人。

2

一间昏暗的小屋里,老人躺在床上一言不发。他已经这样躺了很久了,日复一日,他知道别人都说这是他的临终时刻,对于有的人来说,临终是个狭小的前厅,他们跨一步、跳一下就能到达另一侧,但他面临的却是一场巨大的临终,想要跨过去根本不容易,也许是因为他实在太虚弱了。

他的妻子在他身边坐下,坐了好久,什么也不说,外面的天又黑了。主赐予的,主又收回,她终于说。

去年春天,妻子常常坐在他身边织毛衣,他的视力虽然不行了,还是能看到她手上织的那些东西非常小。后来有一天,她动用了够家里吃一周的囤粮烤了一个蛋糕,然后出门去了。这周的安息日,汤里没有鸡蛋。他什么也不必问,她什么也不必解释。

那天一早,天还暗着,他半睡半醒之间听到妻子和女儿在房间里低语。妻子在午后时分出门,直到天黑才回来,她在他旁边坐下,沉默了许久,最后说:主赐予的,主又收回。

两位老人没有被邀请参加外孙女的婚礼。在外孙女嫁给戈伊的那天，老人从床上坐了起来，就这样坐了七天，为这位还活着的新娘坐七。按照惯例，只有在有人去世的时候才会这样做。

现在妻子一言不发地坐在她老迈卧床的丈夫旁边，摇了摇头。上帝才知道我们的姑娘是怎么想的，居然让她的孩子和一个戈伊结婚，老头说。

3

她把被子和枕头从摇篮里拿出来，拆下套子，把摇篮顶篷从木架子上取下来，然后把摇篮推到一边。不幸从许多年前就开始了，那时她的女儿也还是个婴儿。她听到外面有吵闹声，她的丈夫让保姆立刻抱孩子去楼上的婴儿房，叮嘱她闩上门，听到敲门声千万别开，还要把百叶窗关严。之后他们来到楼下，从这扇窗走到另一扇，想看清楚到底出了什么事：邻近的街道和家门口的广场好像来了很多人，有人在跑，有人在喊，但听不清在喊什么。第一波石头朝房子这边扔过来的时候，他们已经来不及关上楼下的百叶窗。丈夫想要看清是谁在扔石头，他看到了安德烈。安德烈，他朝外面喊道，安德烈！安德烈没有听到，或是装作没听到，这更有可能，因为他很清楚石头砸的是谁住的房子。安德烈随后扔出的一块石头砸碎了窗玻璃，擦过她的头，哐啷一声撞在她身后书柜的玻璃门上，击中了皮面版《歌德全集》的第九卷，那是她丈夫高中毕业时他父母送的礼物。四周没有风吹！/可怖如死亡的寂静！/广阔无垠的海面/不兴一丝波澜！* 怒不可遏的丈夫推开大门，只想揪住安德烈的衣领让他清醒一点，但他看到安德烈还有三四个年轻男子正朝这边跑来，其中一个手里拿着斧头。他立刻关上门，迅速转动锁孔里的钥匙，试图和妻子一起把木板钉在门上，那些木板就是为了这样的紧急情况预备的，一直放在门口。但是来不及了——钉子在哪儿？锤子在哪儿？大门在斧头的劈砍下开始碎裂。安德烈，安德烈。她和丈夫往楼上跑，敲响保姆和孩子那间房的门，但她没有开门，也许是她搞不清楚外面的状况，也许是她给吓得根本不肯开。她和丈夫沿着最后那段陡峭的梯子逃到阁楼，而在下面，安德烈和他的同伙闯进了屋子。入侵者在楼下打碎

---

* 摘自歌德的小诗《平静的海》("Meeresstille")。

其余的窗户，扯下窗框，推翻书柜，划开被褥，砸碎餐具和玻璃瓶，把储存的食物丢到街上，但是随后，一定有人听到了她和丈夫给阁楼门上锁的动静，他们沿着楼梯上来了，一路撕掉壁纸，斧头在墙上到处凿洞，他们没在二楼停留。她和丈夫站在阁楼门后面，门板很薄，门闩虽然插上了，但没有任何够分量的家具来抵住门，最后那段陡峭的楼梯上传来了脚步声。主啊，求你听我的祷告，留心听我的呼求！我流泪，求你不要静默无声！因为我在你面前是客旅，是寄居的，像我的列祖一般。求你宽容我，使我在去而不返之先可以力量复原。* 上天，上天。既然下边没有生路，只能往上寻找。他们用力推开屋顶的瓦片，造出一个开口。但他们后面那扇暂时挡住追兵的门太薄了，只是几块木板。丈夫把她托举起来，她从洞口爬上了屋顶。她要把他也拉上来，可薄薄的门再也经不住凶徒的重击。她伸出手拽着丈夫的一条胳膊，下面那群人拉住了另一条。罗得†拒绝交出造访的天使。罗得站在门槛上，暴徒

---

* 出自《圣经·诗篇》39:12–13。
† 《圣经·创世记》中的人物。上帝欲毁灭罪恶之城所多玛和蛾摩拉，派天使事先通知罗得一家。

抓住他的胳膊，要把他拖出门去，他热情好客，却要为此遭受惩罚，他们要攻击他，朝他吐唾沫，践踏他，凌辱他，但天使们用天使的手抓住了他另一条胳膊，天使很强大，击退了那群人，还让他们失明，天使把罗得拉进屋里，把他和暴民之间的门关上，外面的人彼此看不见了，连罗得家的门也看不见了，他们沿着墙摸索着走，别无选择，只能撤退。神啊，求你不要耽延。* 她没有天使的力量能把丈夫拉上来，她抓住丈夫的手臂恳求安德烈——她从小就认识他——求他发发慈悲，也恳求那些她不认识的人，包括拿着斧头的那个，求他们怜悯，但就在她还紧紧抓着丈夫的手时，在她的身体下方，他先是被那些她不认识的人和那个她从小就认识的安德烈辱骂，接着是殴打——发发慈悲——最后他们在她眼前举起了斧头。她没有放开手。刚开始她握住丈夫的手，之后只握住了一点肉，直到没有任何活的东西能让她拉到空旷的屋顶上。她成了一个手握死亡的犹太寡妇。她放开手，直起身，俯瞰着小城和开阔的风景。明亮的白天，有茅草屋顶和木瓦屋

---

* 出自《圣经·诗篇》40:17。

顶,有街道、广场和喷泉,远处有田野和树林,奶牛站在草地上,一辆马车沿着田间小路行驶,站在屋子前的人们此时抬头看着她,一言不发,一动不动。她忽然看到下雪了。万物都要冻结了,她想,很好,她想,雪,雪。她失去知觉倒下去,从倾斜的屋顶上滚下去,万幸落到了一堆衣服、床铺和窗帘上,是那些男人之前扔到街上去的,她就躺在那堆破烂的衣物上,躺在她夏天亲手做的覆盆子果酱的血泊中——果酱罐子被扔出去时摔碎了。她就这样躺在那里,四肢骨折,双眼紧闭,广场上默不作声的人没有一个走上前,或是检查一下她是否还活着。她还活着,但那一刻她自己还不知道。她跌落后激起了更大的暴雪,更多羽毛从割碎了的床垫上飞起,柔软的鹅绒飘浮在空中,缓缓地落到树枝上,雪,雪,完全和冬天一样。

她怀里抱满了要洗的衣物从婴儿房里出来,经过了坐在脚凳上双眼紧闭的女儿。她完全知道自己为什么要把女儿嫁给一个基督徒。有一天父亲离开了,就再也没有回来,当女儿问起父亲时,她就这么解释。为什么离开?去了哪里?他会不会什么时候就回来了?

书柜又装上了新玻璃。她卖掉了犹太区的房子,搬到内城,继续经营丈夫的店铺,把省下来的一切留给女儿当嫁妆。女儿将在朝夕之间学到的道理,她早就明白:死亡降临的夜晚,还远不是最后的黑夜。

4

他这一生,尤其是过去三年隐隐担忧的事情,如今已变得显而易见:一个人只要稍稍偏离轨道,最终的后果便会像当即一头扎进深渊一样无可避免。他作为奥匈帝国的公务员,负责加利西亚的卡尔·路德维西铁路三十五公里长的路段。他知道万事万物的关键在于建立秩序,并在已经建立了秩序的地方维持秩序。可他的人生却总是出错。他做候补职员那一年还拿不到薪水,饥饿使他不得不背上了债务。等到他结束候补,开始担任收入为第十一级,也就是最低薪资级别的普通公务员时,他已负债累累。不管怎么样,饥饿,还有第一年那个冬天的严寒,都是他还活着的证明。但如果上级对他进行秘密资格审查,债务便会当作过失被记录下来。因此,他什么时候才会从第十一级升到第十级,以便减轻债务，他自己不知道，也没人能告诉他。换句话说就是没有任何回归正常生活的希望。饥饿和寒冷加固了饥饿和寒冷，生活负担一旦超出负荷便会一直如此。后来，他认识了犹太女店主和她的女儿，她的皮肤是那么雪白，如果他是一只甲虫，爬在上面甚至会雪盲。要是他在求婚的时候知道哪条是正轨，哪条不是，那就好了。用犹太人的嫁妆是无法偿还债务的，即便你把欠款都付清了。这是有区别的。在俱乐部和办公室，这区别可以从扩散开来的沉默中辨认出。而这份沉默与最后的结局有关，他现在终于明白了这一点，领会了这一点，因为结局已在眼前。孩子怎么突然间这么安静。

他的父亲既没有在他们登记结婚时，也没有在孩子出生时露面。旅途太远也太贵。如今他已经三年没见过父亲，并且，不出意外的话，以后应该也不会见了。孩子出生后的第二天早晨他去了酒馆，和陌生的男人们为新生儿举杯庆祝，在他咽下烈酒之前，他用舌头在嘴里来回搅动，为了能尽情品尝酒的味道，此时他想到，他的小女儿嘴里也长着舌头，她从母亲身体的内部结构里滑出来的时候，也已经拥有了她自己身体的内部结构,从母亲身体的凹陷中出来时已有了自己身体的凹陷。他,第十一级的公务员,造出了活物,不需要任何秘密资格审查来承认这个事实。

为了欢迎皇帝的专列经过,他们要用鲜花装饰布罗德火车站,需要两百斤重的绑绳。铁轨之间的枕木换成了十五厘米厚的橡木板。第十一级的公务员年薪为六百古尔盾*,第十级则是八百,运气好的话,也许还有二百盾奖金。但那些无法计算的东西该怎么办?一个孩子活着的那一秒与他不再活着的那一秒之间有多长?将这个时刻和其他时刻隔开的究竟是不是时间?或者它得叫另一个名字,只是这个名字还没被找到?我们又如何衡量那股把一个孩子拖向死亡的力量?

他还记得第一次想象他的新娘双腿之间白色缝隙的模样:肉感的,鼓胀的,如果他用手指把缝隙拨开,就可以看到小巧的红色鸡冠。后来,她成了

---

* Gulden,一种货币单位。德国、瑞士以及中欧某些国家在特定历史时期都发行过名为"古尔盾"的货币。

他的妻子，他爱上了他们汗津津的身体发出的声音，两个身体互相摩擦着，溶解着，拍打着，碰撞着，他们的嘴、舌头、嘴唇模糊在了一起，吮吸着彼此，原本独立的个体此刻成为一体，一个潮湿的肉体安乐窝。肉体、肉体，有时候光是这个词就能让他兴奋。但昨晚他把死去的孩子从妻子手里抱走放回摇篮时，他才知道死去的肉体有多么冷，比他预料的要冷得多。他不知道如何才能忘掉这种感觉。他，第十一级的公务员，造出了死物，确认这一点并不需要任何秘密资格审查。

他坐在酒馆里，阳光落在粗糙的松木地板上。昨晚他到这里的时候，还有几个俄罗斯逃兵躺在桌底下睡觉。他喝下第一杯烈酒，接着第二杯、第三杯，他们醒了，收拾好行李，和破晓时分来的一个身材矮小的光头男子一起离开了，想必是约好在这里碰头。光头和这些士兵并未多说什么，在这种小酒馆里常常遇到的俄罗斯人，显然是一些下定决心便再也不回头的人。在前一晚的经历之后，他，第十一级的公务员，发现自己突然明白了越过这样的边界意味着什么，无路可退意味着什么。他感到自己所见所遇的一切，它们最外面那层阻碍他理解的屏障突然瓦解了，不管愿不愿意，他现在必须去认识屏障下面的东西，并要承受住这种认识——但他无法想象该怎样去做。

有时他看着孩子，会想她是从哪里来的，她的母亲怀上她之前，她在哪里？现在他希望"孩子出现却只停留了极短时间"和"孩子压根就没有出现"之间没有任何区别。但不是的，这有区别。他的大拇指把一颗发亮的大衣扣子擦得更亮了。因为生死间的差别没有程度可言，幼小孩子的死和任何死亡一样是绝对的。他从未像今天早上这样，感到他所从事的测量工作如此多余。既然他已明白，日常生活不过是件虚假的外袍，他还要再次穿上它吗？

昨晚他朝妻子大喊大叫，因为尽管她抱起孩子，想让孩子平静下来，却不知道该怎么办，不知道有什么办法可以阻止死亡，而他喊叫，是因为他自己也没有阻止死亡的方法。

他，最底层的公务员，根本不能与死亡较量。

现在怎么办？

小个子光头又回到酒馆，朝店主点了点头，坐在离那个奥匈帝国公务员不远的一张桌子旁，他早上来接那些俄罗斯人时就看到公务员已经坐在那儿了。公务员漫不经心地把带有金扣子的大衣扔在一张空椅子上，要不是这件大衣，光头不会知道这里坐着的这个人，在这样的日子、这样的时刻，本该坐在办公室里。公务员没有刮胡子，胡子尖有点脏，他没有打领带，面前放了满满一杯烈酒，他凝视着窗外的街道，一只野狗正追着自己的尾巴转圈跑，它偶尔在结冰的水坑上滑倒，趔趄一下又站起来，重新捕猎自己蓬乱的尾巴。光头点了一份小菜，腌鲱鱼配啤酒，然后心满意足地吃起来。他不排除今天上午还能在这儿做成一笔生意的可能。

5

她醒了，这是真的，现在是第二天，这一天她也要坐在脚凳上度过。母亲昨晚或今早一定是把哀悼者没碰过的饭菜收走了。她听到厨房传来忙碌的声音，水泼溅开来，餐桌上什么东西被推到一边，地板上的脚步声，瓷器碰得叮当响。反正婴儿房里现在无事可做了。一切并不像她昨天所担心的那样：睡着了会暂时忘却已发生的事，但醒来之后回忆会带着全部的重量变本加厉地袭来。并非如此。哪怕在睡梦中，她也知道孩子不在了，醒来后仍然十分清楚这一点，清醒并不比睡眠更沉重或更轻松，她也不必看到自己残破的生活再次坍塌。她起身坐到脚凳上，厨房里突然静了下来，就好像母亲听到了女儿的动静，想听听她在干什么。为什么现在家庭生活也像在捕猎？客厅里小座钟敲响了六点整，钟声清脆而无力，随后一切又恢复了寂静。看来丈夫一直没回来。昨天葬礼结束后她回到家就坐在凳子上，他试图扶她起来，但没成功，之后他便走出了家门。自那时起她就没再见过他。她会像她母亲一样，遭遇同样的事情吗？她还是个小女孩时，常常会想她那不和家人在一起的父亲去了哪里，这时她总会看到有个人在自己面前上吊自杀。你父亲可能在美国，母亲说，或者法国。但她不相信。母亲说起她丈夫的缺席，总像在说一件已成定局、无可挽回的事，从不让女儿心存丝毫希望，觉得他还能回来，甚至可能就在这附近，比方说在某个县府，和别的女人以及新的孩子在一起。有时会发生这样的事：当她自我介绍的时候，人们在听到她姓名的那一刻会显得有点惊讶。在美国，母亲说，或者法国。但父亲从不曾活生生地出现在她脑海里，无论是在美国还是法国，或者就在这附近，她眼前永远只有一个死去的人，比如一个上吊的人——如果在附近，那么就是那片森林，他的尸体在其中晃动，可能她曾经路过的某棵树，就是他系上绞索的地方。

你需要什么吗，母亲过来问她。在母亲身后，阳光照进厨房，让她看上去就像一个剪影。女儿摇摇头。在她坐着的第二天，她没有和母亲说话。没有人比她更了解母亲，也没有人比母亲更了解她，所以没有什么好说的。她坐在那儿想，她的一部分已经躺在地下开始腐烂了，然后她看着自己还接触着空气的鲜活皮肤。一位朋友来访，带来了更多盛着食物的碗，并说：你会有第二个孩子的，也会有第三个和第四个。她说，我们拭目以待。朋友带来的其中一个碗里放着鸡蛋，她知道这是惯例，但她不想吃。一个邻居门都没敲就大哭着冲进来，鞋子上的雪也没有擦，眼泪径直落在她这个坐着哀悼的人的脚边，赞颂独一的士师，她喊道，然后站起身，双臂一把搂住母亲的脖子，呜咽着，到底为什么，为什么，摇了摇头，然后什么也不说了，她已经泣不成声。马车夫西蒙来了，他只站在门廊，说他很抱歉，他带来了一点汤，还带来了妻子的问候，可惜她本人病得很重，来不了。又有一位朋友过来，说：我一开始就觉得这孩子有些苍白。另一个又说：你们怎么不叫医生来？真的发展得这么快吗？第三位：孩子还小，什么都经受不住，谁知道无限伟大的主在想什么！第四位：你丈夫到底去哪儿了？晚上，外祖母来了，面朝着她坐在地上，把外孙女穿着袜子的脚放在她膝盖上，用手暖她的脚，自从孩子死后，她这才头一次允许自己哭起来。第三天又有这个、那个和那些访客登门。朋友们和犹太区的老邻居们，就像走到祭坛前一样走向那位坐在脚凳上的哀悼者，他们给她带来了食物，安慰她，他们自己知道失去孩子是什么感受，或者他们不知道，不少人可能还很满意，跟戈伊结婚的人就是这种下场，但他们不会说出来，而会这样说，比如：当然最重要的是你自己还活着。至于她，只要有人来访，她就哭不出来，到了第三天，她已经对他们出于神圣义务而对她施予的安慰和支持感到精疲力竭，她不知道该如何承受这个事实：孩子的死没有停止，并且这场死亡从现在起将永远无法终止，也永远无法避免，但她没有对任何来访者说过这些。到了第三天晚上，她知道，丈夫现在都不回来，那就不会回来了。她问母亲，没有丈夫的生活是什么样的。母亲说：很难。一位朋友说：肯定只是在外面喝醉了，你看好了，最迟明天他就回来。外祖母面朝她坐下，给她唱了一首儿歌。她作为成年女性的时光，是不是已经过去了？时间找不到向前的路，要不就索性掉转头往回走？到了第四天，她对自己的悲哀感到陌生，她想，在生死边界的这边或是那边，或许根本没什么差别。第五天，母亲说，我们得想想以后该怎么办了。第六天，小座钟在一天的每个整点都发出清脆而无力的钟声。也许现在是时候去找她父亲了？如果他没有上吊自杀的话。第七天的早晨，母亲扶着她起身，带她到厨房的餐桌旁。等女儿坐定，她才对她说：我们得开始省钱了。在这个第七天，女儿突然意识到自己也同样是一个女儿，而且是一个活着的女儿，她的生活直到现在才溃败，稍稍晚了十七年。愿望终将落空，但这件事会在何时得到证实，没人可以预见。母亲在她对面坐下，握住她的手说：你的父亲是被波兰人打死的。

6

现在他知道去哪里找代理所了，光头给了他地址。他出门走到街上，突然想起一个同事的头生子也早早夭折了。孩子死后不久，同事问他要不要一起去看看孩子的坟墓。好的，他说，虽然他其实并不想去，于是那天中午他们去墓园走了走。同事指给他看左边墙上一块铁牌，上面是孩子的名字，前边是坟冢和一圈石砌的小栏杆。不到一年半之后这位同事又做了父亲，新生儿在受洗时被赋予了死去孩子的名字作为中间名。他去银行取出了旅行需要的款项，又经光头指点，在旁边的换汇所换到了入境需要的二十美金。他想起了他在妻子面前学她睡觉的样子，妻子被逗乐的模样。他们一次又一次为同样的笑话而笑，一次又一次几乎没什么原因就笑，岳母在的时候不太明白到底发生了什么，只会耸耸肩。很快，他乘坐的火车就要在他一直监管的铁轨上开动了，一小时二十分钟的车程，仅此而已，跟他即将面对的整个旅程相比，他到目前为止负责的这段路程是那么微不足道。他拥抱妻子时，她的胸部完美地贴合在他肋骨的拱形上。有时候只是这么站着他们就感到开心，有时他们在镜子前一起做鬼脸，有一次他用自己的胡须戳她的耳朵，还有一次用自己的鼻子蹭她的鼻子。他走陆路去不来梅，光头告诉他，要在那里登船，船的名字是"斯佩兰萨"。他和妻子讨论过，别的夫妇独处时是不是也会做这些事。

去车站的路上，他看到了街对面他家所在的公寓楼，于是停了一会儿。那上面正在发生的一些事，迄今为止被称为"他的生活"，只要穿过马路，走上楼梯，他就会回到他的皈依之所：他妻子的身边。从他站着的地方可以听到屋里传来的尖叫和哭号。那不是妻子的声音，这点可以肯定，并且，如果他没有搞错，也不是岳母的声音。到底是谁在为他的孩子哭泣？大门开了，一个他不认识的女人从楼里走了出来，穿着平底鞋，大衣的扣子一直扣到最上面，戴着头巾，她边走边擦拭脸上的泪水——没有注意到街对面的男人，就算她看到了，也不会知道他为什么站在那儿——在她走到下一个路口之前，就不会有人看出来她刚刚哭过。她在街角拐弯的时候，一位老人差点就撞上了她，他手里正端着一只碗。老人朝她点了点头，然后继续慢慢向前走，一直到公寓楼前，为了不让碗里的东西从边上洒出来，他用肩膀推开门，里面可能是他为哀悼者带来的汤。他，死者的直系家属，就在几步之外，一看到老者佝偻的背就知道那是西蒙，犹太区的马车夫，经常运送木屑、建筑碎料和牛奶，他常常看到他坐在马车架上，也是这样从背后看到的。这里所有的人似乎都明白自己的职责所在，只有他在问自己，他的职责是什么。他母亲如果还在，此刻会和他一起对着十字架念珠祷告，他会坐在客厅里的小棺材旁，做那个死去孩子的父亲。一个人放弃现有的生活，是证明了他的胆怯，还是他具备能够重新开始的秉性？

7

婴儿房的门要不要永远锁上，这个问题她不用再去考虑了，因为她显然必须放弃整个公寓。唯一的选择是搬回去和母亲同住。丈夫没有征得自己的父母同意就娶她这个犹太女子为妻，她不是对此很得意吗？他的热情强烈到让他不去计较她的出身，她不是很高兴吗？但这回，她成了他一心要抛弃的人，他没有经过她的同意就留下了她独自一人。她知道，他离开的决心不会多也不会少，只会跟他对她和孩子的爱等量，而她在死亡线上终于看清楚，将他与她连在一起的纽带是什么。

姑娘，别忘了，他是靠你来还债。

他也付出了代价，没有机会晋升：为了我，他可能这辈子都要留在第十一级。

他没给你一辈子。

是因为孩子。

只有你这么想。他只是之前没想到，和你结婚对他没什么好处。

哦，这是在安慰我吗？

是的。

所以现在你是要夺走我的幸福回忆吗？

我只是说，你现在觉得自己失去了很多，但你很可能从来就没拥有过。

你是想说，如果我能这样看问题，就会好过一些吗？

我希望会。

所以我不如再穿上围裙,想想一条鲱鱼和三个苹果哪个更重。

在鲱鱼和苹果这事上,最起码你知道自己在干什么。

显然你已经很久没有爱过什么人了。

你现在在赌气,你知道吧。

我不想说话了。

她一直觉得,两个人的结合意味着越过你与其他任何人都无法跨越的边界,把世界抛在脑后,从此分享一切。现在她看到边界是可以移动的,比如说现在。不知不觉边界已向内部滑去,再次将他和她分开。她对他来说一度意味着自由,而现在他要去别处寻找自由。

8

要是他知道哪里可以找到死亡就好了,他已经躺了那么久等待死亡降临,希望能轻松点。轻得像一个吻。就像从牛奶里挑出一根头发。一个邻居告诉他,孩子是窒息而死的,也不管他想不想听。《塔木德》*上说，窒息是九百零三种死法中最痛苦的。窒息就像一棵荆棘被羊毛缠住，你用尽全力把它扯下来丢到身后。就像一根粗绳穿过一个太小的孔。

寻觅，寻觅，七十二年前在他的婚礼上，朋友这样祝福他，一直到今天他还在寻觅，寻觅《妥拉》†中的智慧，寻觅一个好妻子，寻觅生命的平静，直到最后一铲土盖在尸体上，寻觅像吻一样轻的死亡，上帝唤醒亚当的那个吻，将气息吹进他的鼻子，如果幸运的话，有一天再轻轻地吻一下，将那气息带走。急需如厕的时候也要寻觅，他想，咧着没有牙齿的嘴笑了。我要上厕所，他朝外面喊，因为没有妻子的帮助他没法起床，在七十二年前，朋友祝愿他寻觅时，她是他的新娘。

9

水是灰色的，灰色的，他开始呕吐，人在呕吐的时候究竟把自己交给谁了‡，他想着，短暂地抬起头

---

* *Talmud*，犹太教口传律法的汇编。
† *Torah*，《旧约》的首五卷，犹太教称为摩西律法，或《摩西五经》。
‡ 德语"呕吐"和"交出"是同一个词：übergeben。

来，但是随后又感到很恶心，这辈子从来没有这么恶心过。妻子曾经跟他说，她小时候一直坚信世界是平的，平得就像一块煎饼，而她和那座边境城镇的其他居民，就像洒在煎饼最外缘的砂糖粒。在城郊迷路的时候，她唯一害怕的就是离边境太近，便会突然从边缘跌下去。我的糖粒。后来进了学校，她才知道她那个世界的边缘不过是一条想象出来的线，一直延伸到另一边的俄国。一个人只待在一个地方，是很难理解这一点的，即便对他这样一个跟铁路打交道、负责把人们从一地运送到另一地的年轻公务员来说，也是如此。实际上，只有在这里，在这艘摇晃的船上，他才深深意识到"地球是个球体"的含义。他感到晕眩，不单单因为地球是圆的，因为他在绕着它旋转并且无法忍受这种旋转；还因为他面前的海平线在不断后退，在不停被推得更远，就好像这艘摇晃的船不遗余力地停在原地，让这个旅行者与自己的目的地永远保持相同距离，他在前行时，前方的终点也在跑，离他越来越远，越来越远，于是他前行的每一步都被抵消。水是灰色的，他觉得恶心极了，身旁许多人也和他一样在呕吐。海风逆着航向吹来，拉扯着他的帝国制服的衣角，让他感到脊背发冷，这个不久之前还是终身制公务员的人，此刻屈身靠在后部船舷上，将养育了他的故乡的一切抛下，作别。过两三天就好了，有人在他身后说。是和他住在同一间二等客舱的先生，是个瑞士人，正好来甲板上散步，看到他有需要便递过来一块手帕，并告诉他，过几天就好了。显然这位先生已经习惯了旅行，任由风吹着他的头发，还拿出了一个苹果。新鲜空气反而让人有胃口，他说，然后咬了一口，也递给年轻男子一个。不用了，谢谢，他说，又转身面向大海。没关系，拿着苹果的人说，从走廊把第二个圆圆的苹果扔给了末等舱的旅客，他们在下面的货舱，肯定饿了，但要是晕船，连个可以让他们吐的船舷都没有。

10

她呢？差不多三年了，她在柜台后面称鲱鱼和苹果，还有面包、牛奶和火柴。

你别总这样盯着顾客的脸看。

我没别的可看。

这样不好。只有小孩才这样。

也没人投诉啊。

那个格莫拉来得少了,还有那个维尔特也是。

难不成你还做记录。

没有,但我对顾客有第六感。

我可没有第六感。

都会有的。

我可不想这样。

你别总是这么容易生气。

我没生气,如果你不需要我在这儿帮忙,我也可以走。

噢,那你到哪儿去?

女儿沉默了。

我不是这个意思,你知道的。

我什么都不知道。

过去,她们从约翰娜·萨维茨基那里进鸡蛋,后来发现卡雷尔家的鸡蛋更新鲜。灯油降价了,因为加利西亚的原油开采之后被卖掉的速度,赶不上它变质的速度。她们店里的鲱鱼和酸黄瓜打包出售的价格,比勒维家的便宜。

没客人的时候,你也可以干点别的活儿,比方说拖拖地。

那是自然。

孩子,这也是你的店,你已经长大了。

这可不是我自己选的。

哦,那还是我的错了。

那我为什么要在学校背诵歌德?

你还上过学,知足吧。

女店主当作真相贩卖给女儿的谎言,如今终于成真了。女儿取代了她的位置,成了被遗弃的妻子,而她回到了自己一直以来隐瞒的身份:一个寡妇。

11

那个格莫拉来得少了,还有那个维尔特也是,可能确实如此。但最近那位军官每天都会趁母亲去农民那里收鸡蛋和牛奶时来买火柴。他会说,他喜欢她的发型,而她会问他,演习的时候用的是不是真的子弹。或者他会说,今天有队列训练,最好别下雨,然后她说,人又不会因为下雨溶化,然后笑了,然后他说,她笑起来很好看。有一次,她在柜台上递给他火柴,他接过火柴盒前突然脱下白色的皮手套,轻轻碰了碰她的手,低声说:我好兴奋,然而她说:一格罗森*,和往常一样,因为她觉得是自己听错了。下一次来,他没说什么特别的,也没有脱下手套,也许因为母亲就坐在她旁边,那天是周日,母亲收购鸡蛋和牛奶的那个农民去教堂了,所以她没出门。但是接下来那一周刚开始,她再次独自一人坐在柜台后面时,他目不转睛地盯着她,给她付钱的时候,默默递来一张字条,他走了之后她才打开,上面只留下了街道、门牌号、日期和时间。原来如此,她想,上次确实没有听错。到了晚上,她躺在床上,她还是个小女孩时就睡在这张床上,孩子死后又回到这里,她会在上面变老,也许某一天,谁知道呢,甚至在上面死去。到了晚上,其实已经是深夜了,她还是找不到任何理由不在说好的时间去军官等她的地方。

是的,到底为什么不呢?丈夫走了,孩子没了,这件事也不必告诉母亲。她想去。当她想起他温暖、干燥、有点粗糙的手,欲望令她感到晕眩。欲望蔓延在她身体里每一寸,直至每一个末端,直到手指

---

* Groschen,奥地利货币单位。

脚趾的关节，直到进入双腿之间，让她心动神摇。当诱惑不再只是一个词语而是进入生命之中，就是如此，它来到随便哪个女人的裙底，突然以全部力量穿过她的肉体凡胎。被诱惑是件好事，惟其如此，才有机会去抵抗诱惑，外祖父多年前这样跟她说过，那时她还在青春期，也是这样坐在脚凳上，母亲驾着马车去乡下进货了。

如果抵抗住诱惑，我们能获得什么呢？

抵抗本身就已经是回报了。

意思就是我自己给自己付报酬。

只有当你经受得住的时候。

当我经受得住的时候。

主希望你证明自己配得上祂。

祂不要别的？

祂不要别的。

所以只和我自己有关？

和你有关，你是整体的一部分。

所以其实我是对祂的考验。

这话什么意思？

如果我不做出抵抗，就意味着，祂没把我造好。

外祖父大笑的时候，她可以看进他嘴里，还看到了他只有为数不多的牙齿。

祂把这世上所有海里的水握在掌心,就像手握一只水囊,如果还想用你这样一个小东西来考验自己,那就真的太可悲了。

那祂为什么还需要我克制呢?

那时她的腿已经长得很长,抱膝坐在脚凳上时,下巴可以毫不费力地搁在膝盖上。因为她和戈伊结了婚,外祖父为她守灵坐七,就好像她死了。自那以后,直到一年半前他去世,她再也没有见过他。外祖父抛弃了她,但她的生活还在继续。只是自那时起,她已无人可再询问,有哪些律法适用于她如今的生活,这对外祖父而言已不复存在的生活。从那时起,生活便只是活着。

12

有一回他们不得不穿上救生衣,因为船在浓雾中行驶,有可能撞上别的船;有一回兴起了暴风雨,一位老妇人扯下了项链上的挂坠盒,边祷告边把它扔进水里,以求上帝饶过这艘船;有一回下层甲板上有人在拉小提琴,是轻歌剧《蝙蝠》中的一首曲子，但这位曾经的帝国公务员并不知道这是什么，虽然他还在维也纳上过学。万一他现在因为那没完没了的晕船而死，他的怀表和缝着金扣子的大衣会落到谁手里？同行的那位先生拿了一根香蕉给一个波兰小孩，并解释了怎么给这样一个东西剥皮。他咬下了香蕉发黑的尖，吐到海里。可那孩子不想要香蕉。两天、三天、四天，年轻人恶心的感觉都没有好转。直到那无穷无尽的十二天半过后的一个早晨，人群突然涌到甲板上，他站在其中，看到了自由女神像，这绝对比永远见不到它要好。同舱的先生在路上和他说起了一位德国船长的事，他的船实在太破旧，根本不敢穿越大西洋，于是载着想要移民的乘客在苏格兰附近的海域巡航，和陆地之间相隔的距离刚好让人看不见海岸。九天后，他在一个小港口卸下乘客，告诉他们，这里就是美国了。英国和美国这两个地方说的都是英语，抵达的旅客没人听得懂，男人们穿着短裙来来往往，无疑是纽约的最新时尚，所以过了将近一周，乘客们才知道他们还在欧洲。而这个道德败坏的船长，此时当然早就卷了他们为前往新世界而支付的钱财跑路了。

　　此刻男人、女人和孩子都激动得哭起来，互相指给对方看那座巨大的女人的雕像，有些还拥抱了身边离得最近的人，一位老妇人想要拥抱这个奥地利男子，他拒绝了。出发前他只给父亲寄了一张明信片，难道此时却要与全人类结盟？也许如今的他就是一个冷酷的人，他第一次这样看自己，心想，一个人到了异国他乡，就能在同一副皮囊之下变成另一个人吗？一个孩子指着雕像问：那是谁？他说：哥伦布。

13

她走进的那栋楼房看起来和其他楼没什么两样。现在是周三下午，还有阳光落在大门上，她告诉母亲，自己要去拜访一位朋友。她故意迟到了五分钟，确保自己不会比他先到。还没等她敲门，他就打开了门，他听到了她上楼的脚步声。他把她拉进去，并立刻把拉的动作变成一个拥抱，接着是一个吻，接着她用舌头触碰他的牙齿，接着她感到他的唾液弄湿了她的嘴角，接着她推开了他，接着他抓紧了她，手臂压住了她的嘴，她一口咬住，因为她不知道除此之外还能怎么对待这条手臂，他喊了一声：

啊。她咬得更紧了,他又喊:啊。她来了兴致,想要咬到他的骨头里。此时他推开她,再次抓住了她,将她转过身去,好解开她的连衣裙。裙子背后是一长排勾扣系上的,还有她的紧身胸衣也是,她低下头,从头发上取下发夹,他们俩这样克制、安静的动作是在为某些已经默认了的、既不克制也不安静的事做准备。他邀她来的这个房间狭小但陈设齐全,窗帘泛黄,五斗橱上面有只水盆,搪瓷已剥落。然而她没有看到这些,她看到的是军官的紧身裤上有一处明显的隆起,她用手抚摸隆起的地方,为自己可以这样做而感到惊讶,更令她惊讶的,是她知道自己可以。这个下午的一些事与她和丈夫相处时不同。军官的阴茎在勃起时向上弯曲,而不是向下,他舔着她的乳房,丈夫从未这样做过。当她压在他身上时,他用手拍打她的臀部,发出响亮的声音。对她而言,这个下午无论何时想再离开,都为时已晚。当他租下这房间的两个小时快要结束时,他在她脸颊上吻了一下,说:真可惜,我们得走了,亲爱的。她看着他起身,他的腿修长又结实,比丈夫的要长得多。他弯下身去,把地上乱作一团的他和她的东西分别理开,裙子、胸衣和丝袜扔到床上给她，自己则穿上了紧身裤，隆起已经不见了。他不知道她曾将一个孩子带到这个世界上，她很想告诉他，只是怎么开口呢？她也坐起身，套上了长筒袜，而他则在钱包里翻找着什么。也许她现在又会有一个孩子，他的孩子，想到这，她笑了。她穿上胸衣，熟练地把勾扣又系上，结不结婚对她来说都不重要，无论如何她此刻是快乐的；而他终于找到了想给她的钞票。她正把裙子从头顶往下拉，发出沙沙声，直到从裙子里钻出头，才看到他伸出的手里攥着钱，干燥而温暖的手，一切都是由它开始的，她看着他拿着钞票的手，几乎想笑，问道：这是干什么？但他并没有报以笑容，只是说：给你的。或者说了句类似于：这没什么。也许是：不用找了。或者：这是你应得的，我的美人。他对她说诸如此类的话时，她盯着他看，就像之前从来不曾见过他。

他对她点了点头，把钱放在五斗橱上，然后把她转过身来背对着自己，仿佛她是个不会穿衣服的孩子，而她看起来已完全迷失在自己的想法中。他为她系上裙子的扣钩，免得她这样走到街上出丑。出门时他戴上了白色皮手套，说：

你稍微晚点再下来。

她既没再看他,也没有回答,只是站在房间中央盯着地板,仿佛那上面裂开了一个看不见的深渊。

14

丈夫身患重病,却比很多健康的人活得更久,当他终于去世时,老妇人接受了女儿的邀请,她把家里的母鸡送了人,把《圣经》、七烛台和两套餐具打包起来,搬到女儿那里去住。她把这一生都在其中度过的那片昏暗,连同底下的腿儿已经磨损、朽坏的家具,通通留在了过往,之前它们开始朽烂的时候,她丈夫就拿锯子把它们锯短几厘米。她没带走的还有门外的黏土地,外孙女小的时候曾用小棍子在上面写字。不久后,茅草屋顶就会把这个废弃的房子一直往下压,压到地里,而它会一直盖在上面,直到腐烂。

自从戈伊把外孙女的嫁妆卷走,女儿公寓里的地毯、桌布和中国瓷器早就被卖光了,但女儿还是保住了房子——地板是打磨光亮的橡木做的,门把手是黄铜的,光线透过玻璃窗洒进来。老妇人每天早上拿着一根鹅毛走进所有房间,掸掉家具上的浮尘,然后她脱下围裙,坐在沙发上读《妥拉》。转向它、钻研它,因万物皆在其中,感知它,在字里行间老去、消亡,切勿背离,因世间再无更伟大之作。在她女儿嫁给那个家境优渥的商人之子时,她和丈夫能够给予的唯一嫁妆就是研究圣书的热情。有时候一连好几晚,两个年轻人把孩子哄睡后,都会和老两口探讨,如果具备慧眼卓识,是否真的能够在尘世找到上帝之国?生命之谜也许就潜藏在人间,还是只存在于彼岸?到底是有两个世界,还是只有一个?只有生活在神圣中,人类才能把分裂的东西联结起来,把未来世界和尘世联结起来,她丈夫说。那么,女婿发问道,既然一切取决于人们对圣典的阐释,那么到底什么是"在神圣中生活"呢?——要是人们理解有误,对正当生活的追求也会误入歧途。是的,女儿说,我们必须去体会人在世上实实在在经历的一切,而不仅仅是圣典中的内容。在这样的夜晚,她自己是相信尘世上有永恒生命的,因为这一切就在她眼前:她和她的老头,女儿和她的丈夫,刚出生的小姑娘,她仰头躺着,正在酣睡。女婿被打死后,这样的夜晚再也没有了,女儿带着小姑娘离开了犹太区,在小姑娘长大后把她嫁给了一个戈伊。现在那个戈伊走了,外孙女又住回了那里,就像小时候一样和母亲一起生活,母亲不在的时候就由外祖母照顾她,和以前一样。一个人的一生足够长,长到可以挫败一次逃亡。

到了傍晚,老妇人把书放到一边,系上围裙。如果有肉,她做饭的第一步就是下楼到庭院里去清洁切肉用的刀,方法是把刀插进地里再拔出来,因为在这个家,她不指望除了她以外的任何人会遵循对厨具和其他器物既定的区分。不可用母山羊的奶煮山羊羔。[*]

15

从埃利斯岛就可以望见曼哈顿,新来的人要在小岛上接受检查,看他们是否适合在自由世界生活。将会检查他们的眼睛、肺、脖子、手,最后是赤裸的整个身体,男人和女人分开,孩子和父母分开。

---

[*] 出自《圣经·出埃及记》23:19。

如果是那个拿着钩子的人过来检查眼睛,那就要当心了!

为什么?

他没准儿会把你的眼珠子勾下来。

你确定?

是真的,有个男的告诉我,他的眼珠子直接落进外套口袋里了。

轮到他时,他在检查室里被要求脱光衣服。他听不懂英语,但即便翻译人员为他翻译了要求,他也不动。这些美国人是不是疯了?还是他们真的以为,进入他们的国家相当于一次新生?当初他在维也纳工业大学的考试也不简单,但和这次不可同日而语。

Come on. 快点。

没什么用——他在妻子面前都没这样赤裸过,但现在不管愿不愿意都必须站到灯光底下,将自己展示给一组医生看。如果能提前知道自由选择的道路会通向哪里就好了。他做完检查,想拿回外套和衣物时,有人正在给它们消毒,东西都被弄得皱皱巴巴。这份羞耻是他为自由生活付出的代价,或者,自由意味着羞耻在这里不再重要?那么美国可就真的是天堂了。

16

一年半以前,她丈夫已经知道死后会发生什么,不久之后她自己也会知道了。女儿则相反,虽然守寡的时间比她要长。她尽心竭力经营着店铺,还有好长一段路要走,可要是外孙女有一天一个人活在这世界上,她会变成什么样?

有两艘船停泊在港口。即使她将松弛的耳垂紧紧贴近丈夫的嘴巴,他的低语还是太轻了,根本听不见接下来他说了什么,但这个故事,她自己也常常读。两艘船中的一艘刚刚远航归来,另一艘在为远航做准备。

她试着给说话很吃力的丈夫喝点什么,但是他不想吞下,水顺着他长着胡茬的下巴流到了枕头上。

欢呼和祝福伴随着扬帆起航的船只,回来的那艘却没有人在意。但值得欢呼的难道不正是这艘船吗?

可惜她只和他养大了一个女儿。另外两个出生后不久就夭折了。有些晚上,当她为死去的孩子哭泣时,他就坐在她旁边打瞌睡。

抵达的船只安全地停在了港口。人们对刚刚起航的船却一无所知。谁知晓它的命运呢？谁知道它能否抵挡住前面的风暴？

她女儿最近在考虑关掉店铺，然后把公寓的房间分租出去，也许这是更明智的选择。

你是想喝点汤吗？

枕头还湿着，是她本想给他喝的水，而他已停止了呼吸。

17

女店主还清楚地记得那个戈伊第一次来店里，见到她刚满十六岁的女儿的那一天。他看上去是认真的，不久之后，她就请他来家里喝茶，那是一个上午，女儿去学校了。她带他进了客厅，给他看摆放着《歌德全集》的书柜，谈到了嫁妆，最后甚至带他去了女儿的房间，女儿前一天穿的连衣裙还搭在大扶手椅的靠背上，旁边放着一双鞋，其中一只掉在地上，家猫蜷在床上睡觉。

您肯定知道，我们是犹太人。

我知道。

您现在还可以走。

她这辈子卖过许多商品。她知道顾客在什么时候已经来不及放弃交易。你给他越多选择的自由，他就越可能知道自己该选哪个。

您想到哪儿去了。

有那么一会儿，两人一言不发地站在不在场的女儿的床边，他们看着那只猫，睡梦中，它的爪子有时会露出来，又缩回毛里去。

那天早上，她为了女儿的幸福出卖了女儿的幸福。有时候这种代价会持续增长，在付出很久以后才变得过于昂贵。这样的交易是一种动态平衡，这是她在女婿走了以后的三年中才领会的。只有商人才能促成盈亏的游戏，说到底，损益只与自身相关，总有一天会重回平衡。在安息日阳光明媚的宁静中，一封信从一只张开的手落入另一只伸出的手中。《塔木德》上说，安息日是不允许送信的，因为送信也是工作。从街上走进一间房子就是工作，因为越过了内外之界。在安息日这天人们应当休息，守住内、外与自然界这三个空间的界限。但是，如果信使走到收件人临街的窗口，让信件掉落到收件人的手上，那么信使就没有逾越他的界限，收件人也还在自己的房子里，更何况，信件掉落的这个动作并不是给予，而从空中接住它也不是索取。她和丈夫曾与父母激烈地讨论《塔木德》中的这个问题，年轻的夫妇认为《塔木德》原是旨在立定规矩的，此处却指明了欺骗和逾矩的方式。她父亲说，此处涉及的仅仅是如何确定界限的问题，如果一个人不清楚禁令从何处开始、到哪里结束，就不可能遵守它。无论如何，这不是在打比方，她丈夫说，说到底这是个纯数学问题。她母亲笑着说，谢天谢地，幸亏信使手里掉下的不是鸡蛋。她自己当时则把信使的犹疑称作"迂腐"，父亲笑她为了这个而生气，并说，你还是没明白问题所在。当时她也并不想弄明白，因为父亲还好好地活着，而且只要一直如此，她就永远也不想弄明白，哪怕她已经是个成年人了，一个会犯错误的成年人。在安息日阳光明媚的宁静中，一封信从一只打开的手落入另一只伸出的手中。

该有多幸福啊，此时——丈夫被打死二十年了，女儿被遗弃三年，父亲去世下葬已有一年半——她想，要是能像故事中的信使一样泰然自若，任由一切自然而然地发生，同时仍然完成了自己的使命，该有多幸福啊。每当在家中看到年迈的母亲清洁过的刀具上有泥土的痕迹,她就感到厌恶。而在店里,女儿总是懒洋洋地无所事事,她常常恨不得拽着她的头发,把她拖回去工作。就连她自己的身体也让她没有耐心,如今这副躯体要把十公斤的面粉袋子扛上车都费劲。有时那些农民会来帮她,有时不会,他们名叫马雷克、克里斯多夫,有时还有那个每每听到总是让她心头一沉的名字——安德烈。

18

以手开始,以手结束。她要不要送点什么给那个自认为可以拿钱打发她的男人?不行,她想。他走后,她拿了五斗橱上的钱,出了房门,走下楼梯,离开了这栋看起来和其他楼没什么两样的楼房,走上街道。她把钱给了她看到的第一个蹲在街边的乞丐,接下来的两天,生活确实一如往常。但是第三天,那是一个周日,军官再次走进店里,就好像什么也没发生过,他想买火柴,他说,和往常一样,母亲正在后面的房间用报纸包货物,发出沙沙声,他伸手越过柜台,抓住了他不久前的情人的下巴,让她看着他的眼睛，甚至没有压低声音，说他有一个朋友也有兴趣。

报纸的沙沙声。

这一天，老时间，老地点，那栋看起来和其他楼没什么两样的楼房。

报纸的沙沙声。

如果她不想有人知道这件事，那她就得去，他说。

沉默。

姑娘，来搭把手。

好的，母亲。

承认吧，你也很享受。

真是一团糟——你到底在哪儿，孩子，我的手快要拿不住了。

来了。

19

检查完远道而来的肉体，还要检测精神是否正常，所有男人、女人和孩子必须回答三十个问题，给出恰当回答的人才可以被转运到陆地上去。疯狂、忧郁和无政府主义——不能让这些和诸如此类的东西入境。坐过牢吗？你们是一夫多妻吗？穿着皱巴巴外套的奥地利人心想：是不是因为这样严格的入境检查，美国已经好长时间没有任何缺陷存在了？这里不再有残疾人，也没有不可治愈的疾病，没有疯癫，没有反叛行为，甚至也没有死亡？

20

一颗小糖粒从卷饼边缘滚落下来，然后消失，就是这样。第二个顾客给的钱，她花在了自己身上，买了双新丝袜，毕竟这是她用自己的身体赚的钱；第三个顾客之后买的是一条围巾，不要关窗帘，我想看着你；到了第四个，咳，别乱动；然后第五个，嘴给我；然后第六个，你这"犹太猪"。第四、五、六次，合起来买了双新鞋。她觉得疼痛，恶心，可笑，有时她皮肤的敏感部位擦破了，有灼烧感。但是在逐渐远离一切良善的心灵之后，这成了她的工作。她现在知道了男人都在对家里隐瞒什么，还有她在街上遇到的那些身穿制服，戴着便帽或礼帽，或是穿着工装的男人，她能看到他们作为人最根本的样子：赤身裸体。鉴于她不会再和这世上的任何人——甚至不会和她自己——一起生活，她以这种方式挣到的钱所能换来的东西，真是少得可笑。但是一件衣服、一顶帽子和一件首饰与她交出的东西之间关系越小，再次出卖自己就变得越容易。她真正的价值如今只有她一个人知晓，而总有一天这份价值将变得不可估量。忏悔的罪人使天神欣慰/不朽的圣神伸出了火臂/把沦落的人带上了天庭。*母亲从未过问这些新衣新鞋是从哪里来的，即使如此，她还是会告诉母亲，鞋子是在某处低价买的，或者是二手的，或者某个朋友送的，戒指是街上捡到的。关于父亲的死，母亲不也是这样骗过了她整个的童年和少女时代吗？

21

大厅昏暗的光线中有一两千人在等结果，并且不断还有更多人加入。人们在长凳上蹲着、躺着、坐着，带着包裹、床褥、箱子和茶炊的人，不带任何行李的人，到处乱跑的孩子，哭闹的婴儿，躺在

---

* 出自歌德的诗《神与舞女》（"Der Gott und die Bajadere"）。

地上睡觉的人，带着虚弱的父母的人，一句英语都听不懂的人，担心答应来接船的人会不会出现的人，充满希望的人，充满怀疑的人，思念家乡的人，感到恐惧的人，不知道前面会遇上什么的人，想着从哪里可以弄来二十五美元入境费的人，突然想回去的人，只为脚下的地面不再摇晃而高兴的人，穿着或长或短的裤子，包着头巾，穿着裙子、套装，戴着有流苏装饰的帽子，穿着鞋子或拖鞋，戴着手套或皮护腕，扎着麻花辫，蓄着络腮胡、小胡子，头发鬈曲或朝两边分开的人，带着许多或不多或完全不带孩子的人——数不清的人，所有人都在等待他们的名字最终被叫到的那一刻，于是他们就知道是可以留下还是要被送回欧洲。同样等候着的年轻男子想，这和上帝的最终审判也没太大区别。

大厅里突然传来哗啦一阵响声，众人顷刻间沉默下来，朝那边看过去，看到了：一只巨大的中国花瓶摔碎在地上——不偏不倚，就在大厅为数不多的既没有人群也没有堆着衣服或包裹的地方，地上只铺着石砖。是一个女孩摔碎的，这个花瓶也许和她一起离开了布加勒斯特或华沙、维也纳、敖德萨、雅典或巴黎旁的小城，途经了不来梅、安特卫普、格但斯克、马赛、比雷埃夫斯或巴塞罗那：在这个到达大厅碎了，这是抵达纽约前的最后一站，因为女孩有生以来第一次见到黑皮肤的人，那是移民局的一位官员，他刚巧穿过大厅，或许女孩以为那是魔鬼。女孩的母亲看起来就好像恨不得打死她的孩子，女孩看起来就好像恨不得自己死了。继而喧闹声又响了起来，哭声、谈话声和喊叫声，孩子们又开始乱跑，大人们等待着，一位得到探视许可的亲戚给一个男孩带来了冰激凌，男孩把冰激凌放到自己身边的长凳上，慢慢融化了，他还不知道冰激凌是什么。

看呐，检查员在你背上用粉笔写了个字母——我背上是不是也有？

男孩转身背对着朋友，让他看看自己是否也有这样的标记，这可能代表了他能否留在美国。

没有，你背上什么都没有。

这字母是什么意思？

不清楚。

是我得回去了，还是你？

不知道。

两个小女孩蹲在地上。

我口渴了。

如果你去炮台公园,会看到好多喷泉,祖母说的。

那我要喝里面的水。

不,无论如何都别喝。

为什么?

她说,那样你就会忘了自己是从哪里来。

那我也会忘了我们家的花园吗?

是的。

壁炉呢?

是的。

祖父呢?

是的。

祖母呢?

是的。

猫呢?

是的。

一切?

是的。

祖母怎么知道的?

她听别人说的。

22

一天晚上,餐桌上没有摆饭菜,母女俩去外祖母的房间,但推不开门,她的身体就挡在门后面。你怎么了?妈妈,你怎么了?* 她们叫来马车夫西蒙帮忙,他要用一把斧子把门砸开,母亲站在他旁边,一只手捂着嘴,女儿喊着外祖母的名字,但没有人回答。

你今天有什么安排?

我得招待一个客人。

你经常有客人吗?

孤单的灵魂不就是身体里的客人?今天它来了,明天它走了。

门上的洞足够把手伸进去了,她们摸到了外祖母,她浑身冰冷,只有死去的人才会这么冷。

23

在埃利斯岛等候大厅许多小小的矩形窗口前,罗谢尔成了路易斯,达夫纳成了大卫,亚顿成了阿

---

* 原文为意第绪语。

尔文，察雅成了克拉拉。而他，约翰，变成了乔。他真的想走这么远吗？到底为什么要这样呢？有人在类似这样的矩形小窗前得知，他们的家人可以留在这里，而他们自己不行，或者因为他们的缘故，其他所有家庭成员也必须踏上回程，回到那个他们不再想安家的地方，他们会挨饿或者被人打死的地方。于是他们大喊大叫或互相依偎，也有些人只是自顾自地哭，或者一言不发。

24

外祖母的葬礼过后母亲才告诉她，她，这个女儿，是牵着外祖母的手迈出的第一步。

那你当时在哪里？

我在忙着搬家，还有店里的事。

没人帮你？

没有。

为什么没有？

我们搬错了地方。

所以母亲对孩子的了解永远比孩子对自己的了解要多。假如她的孩子还活着，她这个母亲肯定已经亲自教她如何将一只脚放在另一只脚前面了——那会是在某个上午,她丈夫去上班的时候,孩子会牵着她的手,有生以来第一次从立橱走到矮柜并且没有跌倒,也可能是在一个晴天,从家门前走到路口。作为母亲,她会记得这件事,并且永远不会忘记,也许某一天会和孩子说起来,也许毫无缘由地永远不会提。但现在,所有秘密和回忆都属于她一个人,不管过去了多少年,她所保持缄默的事,也不会有人再问起。不久前她看见外祖母的房子——她刚知道自己曾在那里蹒跚学步——已经坍塌了。屋顶塌陷到客厅里,把原来是房间的地方变成了废墟。鸡在废墟上来回走,用喙啄着腐烂的稻草,它们用一生的时间寻找着蠕虫和甲虫。如果她余生都待在这个小城,她迟早会从一座看起来和别的楼没什么两样的楼房里走出来,在房子前的街道上碰到母亲,也可能是一位邻居或朋友,那就够了。不,她不必等待有人把她登记为失踪人口,现在她从骨子里完全自由了,现在她对自己的所作所为完全无所谓。

现在,她用学走路时牢牢牵住外祖母来保持平衡的那只手把必需品装进一只手提箱,她提着箱子去了车站，还买了车票。她坐在二等车厢——火车行驶的那条铁轨，正是那个在她早年生活中被称为丈夫的人负责养护的——走完这段路程只需一小时二十分钟，之后她还要继续行驶两小时，然后在伦贝格换乘，那是加利西亚-沃里尼亚王国的首都，位于她所在的边境小城东南方向九十公里远的地方，她在这座小城里最开始是小姑娘，后来是少女，继而在短时间内甚至做了妻子和母亲。她抄下了车站布告栏上的一个地址，拎着箱子去了那里，预付了半个月房租，按下门把手，就这样搬进了她的新住所。在这里，没有人知道在她十一个月大时是谁拉着她的手教她走路，没有人知道她对父亲全无记忆的罪魁祸首是波兰人，也不会有人知道她到现在都能熟练背诵歌德的《神与舞女》。在这里，她会用右手，当然还有左手，以及嘴和身体的其他开口去维持自己的生命，它们除此别无用途。无论如何要用新的名字，一个适合她新生活的名字，如果有人问起怎么称呼她，她就会笑着说，她叫海瑟·冯·伦贝格*。

---

* "名叫"和"海瑟"在德语中是同一个词 heiße；"冯"（von）意为"来自"，常出现在贵族姓氏中，表明其贵族身份，von 后面为其家族的封地或籍贯。

25

麇集在奥匈帝国王冠下的族群，几乎和他在这个大厅里看到的一样多。从波斯尼亚到最偏远的讲波兰语的外省，烟草店的门上无一例外装饰着黄黑相间的条纹，墙上挂着皇帝的肖像供人瞻仰，尽管帝国混杂了各种不同的语言和方言，官方用语一直是德语。但皇帝并没有对他的人民精挑细选，他只是将所有人作为一个整体纳入了帝国：忧郁、疯狂和叛逆依旧留在故土，即使这片故土忽然被称作奥地利或匈牙利，但这对君主制没什么影响。无论有没有战争，欧洲的民族总在这片大陆上纵横、融合，当一个国家产出太少，或生活出于别的什么原因变得无法忍受，人们就为自己找寻一个新的家园。但或许，像这样的海岸线就是天然的边界。在这里，不想要的人就送回水上去，他们尽可以回老家自生自灭，或者干脆像没人要的小猫一样淹死在海里。

26

生平第一次,她巴不得自己是个头脑简单的人,简单到可以用"忘恩负义"打发掉自己的女儿。公寓里空出来这么多房间,应该租出去。她关掉了店铺,和农民们告别,把马车卖给了车夫西蒙。她把所有私人物品从租客定下的房间里腾出来,地下室也一点一点地清空,毕竟两三年后她就没力气干这些了。许多保留至今却不太会再用到的东西,这次她终于打算都送人,比如外孙女睡了八个月的摇篮,带有小银铃的象牙玩具,还有羊毛披肩,那是她送给女儿的礼物,从来没有用过,因为女儿还没来得及带孩子去公园散步。脚凳她还留着,不然她就够不到书柜最上面的一层,《歌德全集》第一到二十卷一直放在那里,也会一直待在那里,多年前被安德烈的石头砸中的是第九卷。在美好的回忆里面,糟糕的回忆也被保存了下来,和其他记忆一样无形无影。她母亲带来的银烛台她也留下了,就放在客厅的窗台上,但她不会在安息日,也不会在其他任何日子点燃蜡烛。

27

八月，他的双脚第一次踏上了世界另一端坚实的大陆，建筑物之间聚集着热气，他的妻子一定会说，空气都停滞了。他会偷偷瞥一眼她亮蓝色连衣裙腋窝处那团墨色阴影，趁没人看到的时候很快地把手伸进去，然后她会说，别乱动，接着哈哈大笑。而现在他第一次看到汗流浃背的小贩身上只穿了一条短裤，他们叫卖着水果、肉类和鱼类，把各种各样的商品举到高处，男人胸前、脖子和手臂上肆虐生长的体毛不经意地暴露在顾客眼前，但顾客们似乎并不介意。他想找个干净的厕所，于是走进了一家旅馆，他的头发在从埃利斯岛摆渡到炮台公园的船上被吹得乱七八糟，他看着镜子里的自己，这个在欧洲的镜子里也出现过的人，把一缕缕头发整理成型，在胡须上抹了点润发油，把用帝国上好的料子做的外套搭在手臂上，另一只手接过箱子，让自己看上去几乎就像个地道的美国人，这才重新走到户外。旅伴在告别时给他的字条上写着路线和地址。他按照字条上的指示向右转，立刻就找到了地下通道的入口，他要坐一个名叫 subway* 的东西前往哈莱姆区，旅伴先生在那里有家工场，越往深处走，地下的空气就越热、越污浊。帝国时代，人们会跟着莫扎特的曲子唱道：*永远践行忠心和诚实 / 直到你冰冷的坟墓，/ 不要偏离上帝的道路 / 哪怕只有一指的宽度*——这儿则相反，就连死者也会在地底深处流汗。他试着回想这首歌曲剩下的段落，此时马拉着车厢进站了，尽管地下光线很暗，可怜的牲畜还是戴着眼罩，车夫西蒙肯定会为此惊讶不已。他这个旅行者自己也并不比马更耳聪目明，他说不出也听不懂任何英语词，他不知道用来支付车票的硬币上是谁的肖像，还以为同行乘客嚼口香糖是某种疾病。他在这里看到了第九十六、第一百一十、第一百一十六街，于是现在他明白了，这个数字的世界中所隐藏的，远比它显现出来的要多得多。他只在孩童时期才觉得自己这么无知，那时每个周日他都会挨父亲一顿打，他从来不知道是为什么，事后也不知道，他会被迫向父亲表示感谢，并按照官职头衔称呼他：海关长官先生。母亲并没有保护孩子

---

* 英文，意为：地铁。

让他免受丈夫的虐待，她眼睁睁看着父亲殴打他，却只是站在角落里一动不动，默默地哭泣。一旦哭声太响，她也会被打。小时候，他不知道该更恨谁，是那个每周日把他往死里打的父亲，还是站在一边不知所措的母亲。那天夜里，他的妻子也一样不知所措。

他从维也纳工业大学毕业之前，母亲在家中去世了。死于中风，他收到的电报中是这样写的。直到今天他都觉得这是个糟糕的玩笑，因为父亲的殴打*他是熟悉的。那些淤青可能是父亲在母亲身上留下的。他听一位学医的朋友说过，淤青在棺材里，再后来到了地下，会继续变色，先是绿色，最后变成黄色，仿佛那些被殴致死的人再也无法经历的变化，被伤痕颜色的变化所替代，哪怕只是短暂的。当时测量结业考试近在眼前，他没有参加葬礼，这也正中父亲下怀。他在哪里学过或读到过，纽约是一座建在岩石上的城市，也许正是出于这个原因他才想留在这里，在这片岩石的地面上，他可以完全

---

* "殴打"和"中风"在德语中是同一个词：Schlag。

确信，自己不会步任何人的后尘，肯定不会是父亲，那个海关长官，也不会是他怯懦的母亲。

28

如今的状况是：一只手知道，不管用多重的力道去捏男人的阴茎，它也不会痛，它只是一块肌肉。而另一只手早就知道，给锅里的卡沙*添水必须当心，因为水会溅起来烫伤人。一只手每天要抓住钻机的操纵杆八百次，把它拉下来。一只手清洗另一只手，一只手滑过头发，一只手把二十五美分投进煤气表。一只手把毛巾展开，另一只手擦掉桌上的碎屑，第三只手打开电灯。眼睛看到了逆光中的尘埃，看进男人张开的嘴里，看装着油的小罐子。耳朵在听关门声、汽笛声、咳嗽声，双脚穿进丝袜，手肘被擦伤，脚趾甲被剪掉、锉平、涂上指甲油，脚肿得穿不进鞋子，灰色的、黑色的和棕色的头发，眼袋，老茧，两个疲倦的乳房，几乎就要秃顶。牙疼，舌头，丝绸般的声音。一个家庭的各个成员在其他

---

* 一种东欧地区的谷物，常加水或牛奶及其他配料煮成糊。

情况下可能变成什么样子,或者将会变成什么样子,此刻已经分崩离析,与之相比,马匹拉扯造成的四分五裂根本算不上什么。然而他、她或他们,在这里、那里或别处都有同样的念头:孩子怎么突然间这么安静。

间 奏

但是,比方说,如果母亲或父亲在半夜里打开窗,从窗台上捧一把雪塞到孩子的衣服里,孩子或许就会重新开始呼吸了,说不定还会哭闹起来,不管怎么样,她的心脏又会开始跳动,她的皮肤会变暖,雪会在她胸口融化。必须要有这样一个类似灵感的念头,但这个灵感从何而来,孩子的母亲不知道,父亲也不知道。瞥一眼夜色中漆黑的窗户,看向那闪着微光的雪,或者只是窗框在寒冷中收缩发出的咯啦声,也许就够激发一个灵感的了。严寒中的窗户应该正好在孩子安静下来的那一刻发出声响,而不是在半小时之后,为时已晚。母亲曾在学校里学过,女祭司皮媞亚在回答吕底亚王克罗伊斯的问题时说:你若越过哈里斯河,便将摧毁一个强大的帝国。但皮媞亚是如何对待那些无人前来祈求的答案的，孩子的母亲一无所知，孩子的父亲也是。永生的女祭司或许永远端坐在从大地深处升起的烟雾之上，眼看着自己的沉默不断增长到非人的残酷程度。但若是父母得到了神谕的启示，那么孩子存活下来就会变成一件真实的事。所有关于雪的知识，所有投向窗户的目光，每次倾听寒冷而潮湿的木头发出的声音——所有这些交织而成的生命之网，会将这份真实与其他真实永远分开。于是，只有孩子皮肤上的淡青色，主要在她的嘴和下巴周围，还让父母保存着一份可怕的记忆。这段记忆偶尔会不请自来，但他们一个字都不会跟对方提起，因为不敢再去试探命运。就这样，命运保持着缄默，孩子本可能夭亡的最初时刻会在转瞬间消逝。

孩子会牵着母亲的手学走路，她的第一段路是从立橱走到矮柜；曾外祖母会一边给她编麻花辫，一边哼小曲儿，唱的是一个男人用一块旧布料做了条裙子，裙子破了用它做背心，背心破了用它做帕子，帕子破了用它做帽子，帽子破了用它做纽扣，纽扣什么也做不成，于是作了这首歌，然后麻花辫就编好了；外祖母会给小姑娘带来从店里买的糖果或是自己烤的哈拉面包。四年之后,她的妹妹会出生,父亲此时依旧在第十一薪资级,他已认得他负责的路段内每一棵曾在铁轨上落下树枝的大树,而母亲因为请不起女佣或洗衣工,时时刻刻要为家务亲自操劳,她在自家厨房的煮锅里洗衣服,这样就没人看到了。要是她晚上还想看点书,常常会手里拿着一本书睡着。外祖母会看到女儿的艰辛,有时会偷偷塞钱给她,并且在1908年,也就是这个年轻的家庭庆祝结婚七周年纪念日的时候,送他们去维也纳旅行,去看基督圣体圣血节的列队游行,运气好的话还会见到老皇帝,看他如何像凡夫俗子一样跟在天堂的队列之后。母亲本来会犹豫要不要接受这份礼物,但最终父亲会为自己、妻子和两个女儿申请故乡证。他们会自豪地首次行驶在父亲管理的铁路轨道上,经过所有高大的树木,过去几年的风暴中曾有树枝从上面掉下来。这段车程是一小时二十分钟,但旅程总共是十七小时。

后来到了维也纳,从圣史蒂芬教堂*到霍夫堡一

---

* 著名的哥特式教堂,始建于十二世纪末,坐落在维也纳市中心。

路上聚集的人群中，父亲会遇到一个大学同学，他此时会在奥匈帝国中央气象局就职，男人们互相拥抱并开始讲述各自的境况，父亲说了各种各样可能的话，却唯独没有说：你相信吗，我妻子拿了一捧雪，才救了大女儿的命。他会对此事保持沉默，因为不敢再去试探命运。两个男人会回忆起在维也纳学习的美好时光，有段时间他们合租床位，和一个晚上不在家的夜班工人共用床铺，他们中的一个会在床上睡四个小时，从晚上十点到凌晨两点，另一个接着从凌晨两点睡到早上六点，如果他们中的一个在上午的课上睡着了，另一个就会帮他在头下面垫几本书，让他可以枕得舒服些。他们还记得冬日的周末在雪中散步穿过维也纳森林，还有一次注意到他们留下的足迹有多么不同：谈话间他们会停下脚步，或者忽然转身，这时可以看见同学身后的足迹就像一条振幅规律的波形曲线，而父亲在雪中的足迹则是一条笔直的直线。当时他们很惊讶，还问到底为什么会这样？直到今天他们都不知道答案。两人彼此强调，他们虽然超过八年未见，也从未给对方写过信，是的，实话实说，甚至几乎要忘记对方了，却还是一如既往地互相信任，这是多么不寻常。玻璃瓶里封存起来的友谊，父亲会说，而大学同学会大笑，笑完之后说，他真的已经很久没有这样笑过了。于是他们又会谈论起工作，说起同事们的嫉妒心、怨恨，谈到秘密资格审查的把戏，然后同学会说，过去的一切完全是另一个样，他在学生时代从来不相信，自己将来会需要这么小心地说话。他坚信，人们在后来的生活中是几乎找不到什么真朋友的。父亲点点头，说他在这八年间也是孤孤单单，当然除去和他妻子之间的关联，此刻他会把妻子的手臂抓得更紧，但绝口不提她的宗教信仰。同学此时才会仔细打量这个女人，然后说，可惜他还没有享受到家庭生活的幸福，咳，但至少他有游戏场上的运气，他指的当然是职场上的运气，咳，人是无法拥有一切的，接着又叹了口气，咳，然后没再继续说下去。父亲不知道该说点什么好，此时同学会告诉他，气象局最近在招做抄写工作的文员，可能没有比这更好的职位了，虽然也只是第十一级，但毕竟有津贴，而且至少是在维也纳，在维也纳！同学说，他当然可以试着为朋友说说话，前提是他真的要来维也纳，来维也纳！但这个城市可不便宜，尤其是拖家带口，要勒紧裤腰带，就是这样，维也纳！所以想想吧——我的天——但如果我是你——别提了——如果你——我完全不知道怎么——等等。小女儿早就等得不耐烦了，现在更加用力地拉爸爸的手，让他把自己举到肩上。他会把她举到肩上，然后又多次向重逢的朋友衷心致谢，朋友却没有要收下这份谢意的意思，他说他完全不知道是否真的能办成，但他会争取，还是有可能的。紧接着，皇帝出现了，他就像凡夫俗子一样跟在天堂的队列后面，从外省来的这家人和所有其他人一样对着皇帝欢呼，此刻已经没有人可以把他们和真正的维也纳人区分开了。父亲一回到膳宿公寓，立刻写了一封正式的申请书，当晚就将它投进了信箱。而他在布罗德的同事们，尤其是他的上司，那个八级一等高级检查员文岑茨·克诺尔，在几个星期后得知他的调动时会大吃一惊。外祖母会陪着这个家庭第二次，也是最后一次踏上前往维也纳的火车，她在挥手告别的时候意识到，和女儿一同离去的还有她对消失的父亲的追问，这样或许是更好的安排。

第二卷

1

1919年1月,父亲大衣上的金纽扣依旧雕刻着双头鹰和皇冠,但皇帝已经去世两年,事实上匈牙利那半只鹰也已飞走了。但是大衣还很保暖,因此父亲依旧穿着奥匈帝国的制服,日复一日坐在位于维也纳气象局那供暖不足、此刻已是民主体制的机关办公室。下班后他会去供暖不足的温多博纳咖啡馆,跟朋友兼同事下两局棋,下棋的时候也穿着大衣,晚上回到家也不脱,因为母亲和大女儿每周几次去维也纳森林捡回来的木头都是潮的,它们在厨房炉子里发出嘶嘶声,却不怎么燃烧。客厅、卧室还有两个女孩共用的房间里,已经很久没生炉子了。

父亲穿着有金扣子的大衣坐在桌旁,晚餐是煮土豆,父亲、母亲和小女儿每人一个。

大的那个去哪儿了?

不在家。

想想看,你在她这个年纪的时候我们已经开始了。

那也正常。

2

你看起来就像个妓女,母亲去年夏天对大女儿说,当时她把裙子裁剪到膝盖上,想就这么出门。

你对妓女了解多少?女儿大喊着,离开时用力摔上门,震得装在门上半部分的玻璃哐啷哐啷响。

女儿走后母亲哭了半个小时,但接着就把她的裙子也撩到膝盖上,在镜子前打量自己的腿。经过四年的战争,此时的维也纳是一座荒芜的城市,就连她自己也跟着不修边幅。当初丈夫的调任定下来,她踌躇满志地一个人来这里找房子。她还记得第一次踏进这栋楼时,闻到一股石灰和尘埃的味道,就是那种只有大都市的建筑才有的石灰和尘埃的气味。楼道里很阴凉,而外面的炎热像巨石一样岿然不动。

如果丈夫一同前来，他会趁没人看到的时候，很快把手伸到她腋下，她会说，别乱动，接着哈哈大笑。她准备上三楼看房子，楼梯扶手上有一只鹰，她用手摸了摸它的头，希望能为她带来好运。公寓的两个房间可以看到街对面的公共浴室，厨房和起居室则面朝中庭，女儿们可以在庭院里玩耍，楼梯间有公用盥洗池和独立的厕所。价格也合适，她预付了一个月房租，便回家乡打包行李了。要打包的最后一样东西是脚凳，外祖母送给她的结婚礼物，到了新家要做的第一件事就是把它放在门厅，从那一刻起，她就在维也纳安家了。又过了两三年，母亲写信告诉她，边境上在进行实弹演习，可能会打仗，但女儿并不担心。她从外省逃到了维也纳，就像登上一艘巨轮，却无从得知巨轮就要开始沉没。犹太人在维也纳被叫作火灾、蝗虫、水蛭、瘟疫，或者熊、狐狸、蛇、臭虫和虱子，但当时她对此一无所知。亲爱的主，亲爱的主，我们称你为天父，你已给了我们牙齿，也请给我们用来咬的食物。也许扶手上那只鹰其实是秃鹫，这些年都在等着她离开，而她一直坚守着，不让一家人沦为猛禽的口中之食，为此她必须倾尽全力，便再也没有力气做别的事了。

她没有力气刮腿毛，她的趾甲变得很硬，小腿上布满了青筋。一到夏日，维也纳的公园里草长及膝，空地上种满了胡萝卜、土豆和甜菜，乡村景象席卷了维也纳，模糊了城市的面貌，但没有人在乎，只要能活下来就行，已经没有足够的力气来打理和修饰生活了。像那斩断蓟草的孩童，在橡木和山巅上，施展你的威风吧。* 夏天的阿伦贝格公园，跟俄罗斯边境附近的布罗德河谷野地没什么区别，只是如今她长大了，有其他事要忙，不会再像从前那样穿过田野，折断榛子树的枝条，打掉杂草，就为了看清卷饼的边缘在哪里。他们来到维也纳，可不是为了忍饥挨饿的。愿望终将落空，但这件事会在何时得到证实，却没人可以预见。

我还有点东西要抄写，他对妻子说。

抄吧，她回答道，然后走出了厨房。

据史料记载，施蒂利亚地区的地震持续了三十天。震源位于莱巴赫地区的地震最频发，震幅最大，维也纳也有震感。

---

* 出自歌德的诗《普罗米修斯》（"Prometheus"）。

那个"小的"——父母仍然这么叫她,虽然她现在已经十三岁,个头儿有一米七——正在门厅里,准备去排队领食物,她腋下夹了一条毯子,母亲帮她背好折叠椅。瘦高个儿*。她离开后,母亲上床睡几小时,到了半夜去替下女儿。经过一整夜的等待,运气好的话他们会在第二天早上七点领到牛乳房。把牛乳房放在牛奶里煮一下,就可以吃了。

大女儿的床是空的。

3

她肯定不是妓女。前年她可以为两双鞋出卖自己,最近还能换来一升奶油、十五个土豆或半磅黄油。总有这个或那个黑市商人悄悄向她报价,这个价格就像所有价格一样会随着行情波动,但总的来说趋于下降。她早就可以出卖自己,以便家人不再挨冻,或者让她那个越长越快的妹妹少受点罪。或许母亲冲她发火,正因为她是母亲所责备的形象的反面:她依然试图在青春的年纪不出卖自己。去年

---

*　原文为意第绪语:lange Loksch,直译为"一长条"。

的一个夏夜，她在多瑙河边第一次让人解开了衬衫的扣子，一个同学把手伸到她的衣襟下面摸她的胸部，但其他的她没有同意，他只是个孩子。去年的另一个夏夜，父亲的朋友和她私下见了面，对她说，他这辈子从没见过比她的红发更迷人的东西，他先吻了她的头发，接着是她的肩，但其他的她没有同意，毕竟他太老了。她命中注定的那个人也许已在马恩河或伊松佐河畔阵亡，在凡尔登城外的铁丝网上流血而死，或是失去了双腿。这场战争击碎了她的青春岁月。她最好的朋友和一个大学生订了婚，那个男生不得不应征入伍，两年来打了一场又一场的仗，现在因毒气中毒躺在战地医院里。应该向战争宣战，但具体该怎么做，她不知道，她的朋友也不知道。她在排队的人群中看到了那些做母亲的，她们把饥肠辘辘的孩子抱到岗哨的眼皮底下，威胁要把孩子在窗框上吊死然后自己再上吊，或者全家人立刻去多瑙河投河，还有人把孩子放在大街上，不肯再抱起来，因为不知道怎么继续养活他。有一次她排了好几个小时却空手而归，气愤得号召其他女人和她一起去市政厅前抗议，她迎风挥动自己的手帕，就像挥动一面旗帜，果然有数百个绝望的妇女跟在这个不过十四岁的女孩身后。几个小时过去了,没有人从市政厅出来同她们交涉,还得养家糊口的女人们又四散离开。她坐在原地哭了,那块手帕刚刚还是她的旗帜,现在被用来擤鼻涕擦眼泪。她没有把这次挫败告诉母亲,但从那天起她下定决心要摆脱饥饿的压迫,不让自己再被自己的身体勒索,她已经注意到,吃得越少,头脑就越清晰。最终她的感知力变得异常敏锐,去年那些夏夜,当她和最好的朋友一起躺在多瑙河岸边,假装她们回到了小时候,她不仅听到水流声,还听到了水下鱼蛇的游动,因为饥饿而目光如炬的她知道,河流深处的生物正互相缠绕,撕咬,发出嘶嘶声。

4

这世上也就他了解这些事情之间的关联了,若非如此,与其继续受冻和看到家人受冻、继续挨饿和看到家人挨饿,他倒更愿意去死。始于1895年莱巴赫复活节地震的地震期,有一个值得注意之处:一些余震持续时间较长,在某些地区造成重大损失,并表现出与主震相似的现象。1897年4月5日的地震虽然强度不算大，但声波现象比地表运动更明显。无论如何他必须活到下个月一号，这样妻子才能收到他整个月的工资。如果她精打细算，这些钱可以撑一个星期。那个月剩下的三个星期和未来月份中的那些星期以及那之后又该怎么办，他不知道。震颤源于两次地下震动，其中第一次更强烈；两次震动都持续了约两秒，间隔一秒；据亲身经历者的体验，震动的方向是由北向南，伴有如同在楼道里开车的噪音，声音比震感早几秒钟，持续的时间更长。时钟和灯具发出碰撞声。

他把手套的指尖部分剪掉，以便更稳地握住钢笔。如果墨水因为寒冷冻住了，他就朝笔尖哈气。

5

战争在十一月宣告结束，十二月她朋友的未婚夫回来了，某天下午他突然出现在门口，女孩们一开始完全没有认出来，他身上的变化就有这么大。即便在他回来几周之后，她们发现，每当看到有人在公园里撒面包屑喂鸽子，他就一副备受煎熬的样子。如果她们问起打仗的事，他不会回答，而是从外套口袋里掏出他从什么地方捡来的烟头开始抽。如果她们说想出门走走,他也不介意,他就留在家里好了。从一月份起,宵禁时间从十点提前到了八点钟,他们常常就待在女友家中,这样可以省下打点门房的钱。他们喝酒,谈天,有时她也会在那儿过夜,睡在前厅的床垫上。在没有朋友结伴出门的那些晚上,她不会让任何人碰自己,更别说接吻了。

6

晚上,小女儿坐在街上,等待午夜的到来。事实上,她已经像这样坐了好多年,有时和母亲一起,有时和姐姐,更多时候就她自己。这种等待在开战后不久就开始了,先是排队领面包、肉、黄油,后来是牛奶、糖、土豆、鸡蛋和煤。战争结束了,她还是这样坐着,过去五年间,这片黑压压的躯体森林就围绕着她生长,一夜一夜,森林伸展四肢,进入小巷和街衢,绕过街角,爬上台阶,穿过维也纳的广场,而她也在其中生长,长到了一米七,饥肠辘辘地越蹿越高,多年来她和成千上万的人度过了一个又一个等待的夜晚,通过等待来为生存而战:

在商场前，在安克面包店前，在肉铺和面粉发放点前，在牛奶厂的零售店前，在卖煤炭、蜡烛、鞋子、肥皂或咖啡的商店门前；他们到处站着，躺着，坐着，长达数小时，或沉默，或低声议论。随着清晨临近，维也纳的血液开始沸腾，开始推推搡搡，踢打咒骂，挤来挤去，抱怨，咬牙坚持，撕咬，拉扯，直到障碍趔趄着被掼到一边，推挤别人，尖叫，哭泣，冷嘲热讽，陷入绝望。一百七十厘米，而另一些人在同样的夜晚变得虚弱或衰老，还有一些人发疯或昏迷，有些人甚至在等待期间死去。她坐在她的折叠椅上，为街道上铺着凹凸不平的石块而感到高兴，这样便可以坐在椅子上来回摇晃。她裹着毯子坐着，等待着午夜，那时母亲会来替换她。

7

妻子早早就睡下了，有时他会在她睡着之后细细端详她。有三个家庭反映时钟停摆，均为普通瑞士钟，钟摆为南北方向。她睡着了，她不再说话。她醒着的时候总是对他说，这也正常；当他说天空——比方说——阴沉、蔚蓝、多云或晴朗的时候，这也正常；当他宣布今后会早些回家，因为办公室下午两点之后不再供暖了，这也正常。但当她睡着时，他喜欢坐在她身边，再次尝试探究长久以来困扰着他的有关人类历史的重大疑团：普遍现实的过程、状态或事件——例如战争、旷日持久的饥荒，或者跟不上急剧通胀的公务员收入——是怎样渗透到普通人的面孔上的。它们在这里把几根头发染白，在那里吞噬掉一对可爱的面颊，直到只剩下皮肤还紧绷在棱角分明的颚骨上。奥匈帝国的解体也许会在某个妇女的脸上留下咬破的嘴唇——甚至可能就是他的妻子。从遥遥的外部到最深的内部需要不断地翻译，只是我们每个人都有一套自己的语汇，正因为此，还没有人认识到这是一种语言，事实上这是唯一一种在全世界和所有时空通用的语言。一个人只要研究足够多的面孔，他肯定能从皱纹、颤动的眼皮或失去光泽的牙齿中得出结论：皇帝已死，战争赔款不合理，社会民主党日益壮大。妻子没有问他为什么把《施蒂利亚地震笔记》带回家，为什么整晚整晚地读这本书，还把要紧的部分抄写下来，这些部分所细致描绘的，正是他此刻用全然不同的眼光看到的过程：同一个起因如何对不同的地区和地点产生千万种不同的影响。他感到自己所见所遇的一切事物，它们最外面那层阻碍他理解的屏障突然瓦解了，而他终于认识到那下面是什么。心灵即地形，他在段落之间批注。这些洞察正好落在他手中，这是多么幸福的巧合。他下定决心，只要力所能及，就要去探究他所说的"源语言"。站在坚实地面上的人们察觉到了轻微的震感。除此之外，没有什么能让他继续留在这场可悲的生活中，让一位第九级公务员不得不眼睁睁看着家人挨饿。

8

好了，现在洗洗手，就可以走了。

还有水吗？

有的。

好。

桶里有半桶水，结了薄薄一层冰。

真是倒霉。

不要紧。

老妇人将双手穿过冰层伸进水里。

天呐，真冷。

然后继续。

帽子、围巾和手套。

啊，靴子。

我差点就把我的脚给忘了。

地上还有雪呢。

咳，真是倒霉。

但我应付得过来，应付得过来。

不用着急。

票。

我差点就把票给忘了。

三十德卡*的肉。

咳，看看再说。

每天早上她都去市场排队。开战后的第二年，她来维也纳还没多久，蔬菜还不是稀缺商品，她就像在老家那样，喜欢用手去摸一摸胡萝卜、土豆或卷心菜。

把您的手拿开，维也纳人朝她嚷道，有时甚至会拍她的手，就像在打一个没教养的孩子。

买之前稍微看看，总是可以的吧。

---

* 计量单位，一德卡为十克。

看看可以，但别碰！

后来，当她想摸一摸那些要吃到肚子里的东西时，人们干脆把她撵到一边。火灾、蝗虫、水蛭、瘟疫、熊、狐狸、蛇、臭虫、虱子。但这些人有没有想过，把世上生长的东西纳入自己的身体到底意味着什么？

不管了。去他的[*]。

与此同时，大多数商贩都张贴了告示来对付加利西亚难民的陋习：严禁触摸商品。

是啊，要是里面还有商品就好了。

如果当初她在自己店里也不让顾客碰东西，店铺早就关张了。每当她想起逃难时不得不丢下的东西，想起成袋的面粉和糖，想起鸡蛋和一桶桶鲱鱼和苹果，她简直要哭了。这里的人很过分，他们甚至不会按照配给票给你应得的东西。要是她排队一无所获，有时会把几片卷心菜叶、烂掉的土豆或者菜贩丢到雪地里的别的东西捡起来，放进包里。

这个也还好。

---

[*] 原文为意第绪语。

这些人在想什么。

他们真是扔东西的行家,这些戈伊。

9

她的朋友在一月底突然病重。她躺在床上发着四十度的高烧,嘴里咕哝着一处填满人肉的墓坑,还有站在坑边想要把肉吃光的孩子。朋友的未婚夫不知道该怎么办,他们一起把病人抬下楼,坐上出租车把她送到了综合医院,安置在去年为收容流感病人而在内院搭建的棚屋内。第二天他们被告知不能去见朋友,第三天也不允许,此外还说朋友的肺部感染导致病情恶化,第四天他们得知朋友的情况非常差,第五天医生通知他们,朋友在当天凌晨三点二十分死于西班牙流感。

她现在去哪儿?未婚夫问。

晚上十一点左右,7031会来接她。

谁?未婚夫问。

您之前一直在打仗吧,所以不知道。

是的,未婚夫说。

您给他解释一下,医生对她说,然后离开了。

我们在这里等,她对未婚夫说。

未婚夫说:等什么?

等7031。

他们就这样靠着医院大楼的外墙一直站到深夜,他们的头顶是两排望不到尽头的窗户,但没有人在窗前往下看,因为窗户后面的人都睡着了或罹患绝症,他们之中没有谁能起身向外看,死亡之窗排成两排,变得越来越窄,深不可测,密不透风。弧光灯照亮了街道,只照到晚上十点,随后是一片漆黑。他俩中的一个有时会蹲下来或是走几步。未婚夫不停抽着烟,直到抽完外套口袋里最后一根。开始下雪了,两人站到了大门下面,四天前那里是一个入口,现在很快就会成为出口。治愈和安慰病人,门上方的一块牌子上写着。就在午夜来临前,编号7031的有轨电车真的来了,它有十二个横向排列的槽来安放死者,那是前一年特别定制的,当时运尸马车已跟不上城里的死亡人数。几口棺材静悄悄地被抬上了车,他们共同的朋友静静地躺在其中一口里面,没有人站在车厢的踏板上呼吸新鲜空气,车厢前部的门被新维也纳有轨电车协会给钉死了,那原本是给活人使用的。两个送葬者留在亚尔塞街上,随着编号7031的车厢在电力驱动下无声地驶离，他们向女友告别。司机一眼都没看这两个送葬者，他忙着操纵启动杆，还得留心道岔，车上一块发光的牌子上显示着目的地：维也纳中央公墓，四号门。

10

震颤无声且有规律；动态图像显示由北向南缓慢晃动。据称天花板上出现了细小的裂缝。起初，他很喜欢妻子身上孩子气的执拗，随着生活流逝，这份执拗也不断加固，如今变成了另一种东西。改变是逐渐发生的，但如今回想起来，他也说不好那种或许可以称作"严苛"的东西是从何时开始占了上风。

刚结婚的时候，她曾希望他午休的时间长一点，这样他们一起吃过饭还能去散步，让办公室见鬼去吧，她说着，吹着口哨。还有他们一起分角色朗读《浮士德》的时候，她希望他扮演格雷琴，有一次为了取悦她，他在家穿上了出门时才会穿的制服，反正除了她和孩子没人看见，诸如此类的事。她的要求都很好笑，他俩也为此大笑，满足她的愿望很容易,而即便说"不",他们也能一笑置之。

于是他们和孩子的外祖母商定:在婚礼上宣称没有宗教信仰的他,将在婚礼半年后回归天主教。他们还和外祖母商定:要让孩子在周岁生日时受洗。即便如此,还是发生了他印象中的第一次争吵,起因是孩子母亲的名字不能登记在受洗名录中,犹太血统的附注也不能出现。要是没有她,孩子根本活不下来!毕竟他没有想出任何办法来救活孩子。只需要一把雪,仅此而已!

她提到了一把雪,这让他感到不安。

受洗又不是我的主意,他说,是你母亲的!

那你和我母亲结婚去吧!

对此他不做回答。

钱可是她给的,钱,这个母亲给的。

说到这个,他表示,是给钱了,但也有别的更糟糕的东西。

钱,她用轻蔑的语气又说了一遍,但随即沉默了。他从来不明白她渴望从母亲那里得到什么,根本不是钱。

多年来他们靠着母亲的接济支付房租,有了第二个孩子之后,就连佣人和保姆都请不起了,甚至连巡回剧团演出的票都付不起。

他的妻子一直以来都明白：她恰恰是那个无法责备他不能晋升的人。她不得不忍气吞声，把烦恼咽下去，她越来越频繁地心情糟糕，对孩子们和他都没有耐心。

最初的印象，就像载满重物的大车从屋顶上疾驰而过，随后人们才察觉到地面的波动。山区也有震感。高山牧场的牲畜不再吃草，好奇而不安地望向高处。兴奋的牛犊开始跳跃。

为什么他总是把外套随便一扔，而不挂到衣架上？为什么大女儿要和小女儿争吵而不带她一起玩？为什么小女儿每次被撞倒都要这样大哭大喊？为什么做父亲的明明知道有必要，却不把柴火从地窖搬上来，不把座钟拿去修，不关心丢失的钥匙？他每周日都带女儿们去做礼拜，为什么之后不准时回来吃饭，而是带着她们闲逛？

别忘了我一上午都站在厨房里做饭！

玻璃碴从碎裂的灯管上掉下来，挂在钉子上的雨伞从上面掉下来。涂料从教堂天花板上掉下来。

曾有一小段时间他满怀憧憬，觉得举家搬到维也纳的同时也将过上更轻松的生活，但经历了四年战争、投降，以及一个季度的饥荒之后，所有木材、食物和希望的储存确实快要耗尽了，每个储藏室里的空缺都一样巨大，污泥从下面露出来。在这里，在维也纳，他的妻子终于指责他娶了自己，一个乡下来的犹太婆娘，而且还不是一个有钱的婆娘。他向来不愿承认这件事，可似乎确实如此：她被困在摩西的血统中，就像困在一个笼子里，在铁栏上撞得遍体鳞伤。

11

或许父亲离家后根本没有去比维也纳更远的地方。或许有一天，她会在这里的集市上遇见他，然后他会说：又见到你了。她还是个小姑娘时，会试着想象她那不和家人在一起的父亲去了哪里，这时她眼前总会出现一个上吊自杀的人。父亲可能在美国，母亲说。或者法国。她可不信这个话。但也许父亲真的就在维也纳。有时她会忘记，父亲走的时候她还是个婴儿，即便在某条街上迎面走来，他也认不出自己。有时她会问自己，在这样的大城市，有多少人从彼此身边走过，却不知道他们之间有关联。事实上,她有时真的会在集市上遇到她母亲,然后聊几句。

哟,姑娘,你们过得怎么样?

挺好。

吃的东西够吗?

够。

自从母亲来了维也纳——据说是害怕会打仗——女儿愿意跟她说的话就只有这些。总有一天,当母亲问女儿"过得怎么样",女儿只能回答"挺好"。

瑞士的救济物资应该到了,一千五百吨面粉。

嗯,等着瞧,等着瞧。

你表弟帮你弄到煤炭了吧?

是的。

总有一天,当女儿问母亲"过得怎么样",母亲只能回答"挺好"。表弟是那个逃到维也纳时把老妇人也捎来的人,两年前他和妻子在这里开了一家卖烟斗、纸品和玩具的店铺。有时老妇人去打打杂,会得到一个土豆、一些内脏或者一小块玉米面包作为报偿。

孩子们怎么样?

挺好。

在她自己还是孩子、可能真的需要母亲的时候，母亲每天驾着马车去农民那儿，把她留给外祖母。父亲已经不在了。走路是外祖母教的，这是她来维也纳之前，和外祖母告别时听说的。你在这些歪斜的泥墙之间迈出了第一步，现在你可以走得那么远，一直走到维也纳，外祖母说。然而外祖母刚刚过世，母亲就来维也纳投奔女儿了，据说是害怕会打仗。

那就好。

是的。

老妇人本可以在某一刻告诉女儿，她丈夫被波兰人打死了，但这一刻永远不会到来。

你永远想不到，永远想不到。

想不到什么？

想不到时间过得有多快。

这样啊。

母亲从来没有真正告诉她父亲的下落。可能在美国，或者在法国。父亲这么早就离开妻子肯定是有原因的。

那么就这样。

保重，姑娘。

那个戈伊还好，但现在她女儿却孤悬在两个世界之间，晃晃悠悠，挣扎着，别无选择，只能一脚抵住母亲，把她推开。母亲苍老的面容越来越显现出大卫的血统，以至于她常常在街上被骚扰，在发放救济粮时被略过，还受到邻居的辱骂。

你也是。

要是当初母亲没有把她嫁给一个戈伊，她的整个下半生就不至于成为别人的错误。

12

严禁触摸商品。

未来不会降低它的价格，尤其是在这个时代，它只能用过去来购买。罗得的妻子太软弱了，她做不到不回头看一眼就背井离乡，她转身望向那个她知道注定要毁灭的地方，于是变成了一个人形的盐柱。女儿更聪明。开战第一年母亲来维也纳投奔她的时候，她只收留了她几天，之后尽快为她寻了一处离她家足够远的住所。万军之主啊，你的居所何等可爱。* 她一次都没让接受基督徒教育的女儿们去

---

* 出自《圣经·诗篇》第84章。

看望外祖母。森林为砍伐它的斧头提供了木材。所有人都为后来者消耗自己，这是万物生长的规律。老妇人送给女儿一条路，这条路让女儿渐行渐远，而且就目前的状况来看，似乎正带着她走向毁灭，但或许外孙女会到达目的地。有些人注定留下，有些人注定出发，另一些人注定到达。

生活就是这样。

一千五百吨瑞士来的面粉，她说。

嗯，等着瞧。

13

他们离开了亚尔塞街，步行回到公寓，时间突然变得很慢，他们正等着时间过去。他在厨房里挨着她坐着，向前弓着身体，手肘撑在膝上，默默注视着地面。直到她听见有规律的滴水声，才看到眼泪正顺着他的脸颊流到鼻尖，在那里汇集，滚落到他脚边的地板上。随后她想回家了。随后他说要她留下来。什么？留下来？一起吗？他现在是一个人了。过夜？他会抓住她的肩膀然后在她颈弯里哭泣，或者说其实是在亲吻？什么？幸福划开羞耻，羞耻掩盖不幸，不幸展开幸福。希望把哀伤抛到了一边，证明自己比后者更强大，强大到十七岁的她也感到惊讶，正是带着这样的激情，安克面包店前排队的妇女们为了面包斯打在一起，年老的人往往比年轻人更激烈，尽管他们离死亡更近。她突然满怀希望地警觉起来，说：好的。然后跟着他，没有像往常一样去前厅，而是像他所要求的那样躺在他旁边，顺从地躺在她朋友的床上，第一次躺在她心动的人身边，十二月才从战场归来的他就像一个她从不认识的人。什么？躺在凌晨三点二十分才去世的挚友的位置上。死亡降临的夜晚，还远远不是最后的黑夜。突然一阵剧痛，什么？继承她昨天还温热着的朋友的遗产，成为她的化身，让她和爱人在自己的身体里继续交谈。有谁曾见过，一个为了不被杀死而不得不杀人的男子有这样柔软的嘴唇，外加这样洁白、闪着湿润光泽的牙齿，以及这样一个兴奋时鼻翼翕动的鼻子，有谁曾见过这样纤长的睫毛——它也平安归来了，所有的战火都没有伤及它分毫——遮盖着双眼，投下这样美丽的影子？自从他出乎意料地突然站在门口的那一刻起，她就知道这是命中注定的那个人，现在他也知道了。他终于躺在她身边，就像她无数次构想的那样，他的呼吸这么近，她甚至可以呼吸着他的气息，如果周围没有这么暗，她一定可以看到他彻夜都凝视着她，一直凝视着。什么？

14

在当地一家镰刀工坊（不在平原上，而是紧邻穆尔河左岸），堆成一摞的十五厘米长的钢片朝东北方向飞去。在皮尔巴赫沟一家铁匠铺（距离穆尔河右岸约一百米，列支敦士登山体的石灰岩在此处与尤登堡高地交会），工具从西墙被甩到东边。在艾西多夫，一口小钟响起（震荡波是东西方向）。在富恩多夫，一名男子从床上向东面被抛了出去。一些人跟跟跄跄，或向东方跌倒，例如：一个学生，走在从里克斯多夫到诸圣镇的路上，他同时听到了嗡嗡声和雷鸣般的撞击声；当地一位正在梯子上的店员；旁边正在爬楼梯的学生。考虑到物体的惯性，这些现象很好地与静坐的观察者的直接感受相符，在他们的印象中，主推力来自东方。

15

午夜时分母亲来换她时,小女儿没告诉她刚才看到姐姐了,和一个男的在一起。两人从离她很近的地方擦身而过,而她就隐藏在人群里。姐姐一言不发地望着地面,并未跟她身边的男人交谈,但这个妹妹根本不敢打招呼。所以姐姐就是这样度过那些不归家的夜晚的。几年前有一次,小女儿无意中翻到了姐姐的日记本,就在她准备看的时候,姐姐突然走进房间,她看到妹妹在做什么,但没有大喊大叫,也没有跟她动手,只是平静地从她手里拿过本子,说:

你觉得你出生到这个世界上我很高兴吗?

也许吧。

你还记得你经常玩的玻璃弹珠吗?

记得。

你还记得我说你应该试试吞下它们吗?

好像是吧。

你觉得我为什么要你这样做?

不知道。

你还记得马车夫西蒙家后面的围墙吗?

记得。

你还记得我说你应该试试从上面跳下来吗?

好像是吧。

你觉得我为什么想要你这样做?

不知道。

如果再碰这本日记,你就不再是我妹妹。明白我的意思?

明白。

现在沉默不语的姐姐在一个沉默不语的男人身边走过街道,没注意到妹妹看到她了。即使是这样的公共场所,即使在深夜,也会透露一些与他人无关的事,就像一本被打开的日记,在维也纳这样的城市,总有人会读到它。她刚刚排了五小时的队,为了姐姐明天能吃到牛乳房,活下去,为了她自己能吃到牛乳房,活下去,还有她的母亲和父亲。明天妹妹去上学的时候,这个姐姐会和母亲一起去维也纳森林拾柴火,她会和她们的母亲在寒冷的森林里走好几个小时,拖着脏兮兮、浸了水的木头,只是为了她的妹妹——当然还有她自己和母亲还有父亲——在家不会挨冻。尽管如此,如果这个姐姐知道妹妹看到她和一个男人并肩走过夜晚的维也纳城,姐姐也许会希望她死，这次甚至可能会做到。人的一生中还有多少这样凶险的前线？要挺过所有战斗而不倒下实在太辛苦了。

16

他在她身边一躺下就睡着了，他身体的温暖挨着她身体的温暖，但他整晚都没碰她，睡梦中也没有。整晚她都能听到他在身旁呼吸，一声又一声，她越来越确信，哪怕伸出手去碰碰他也无济于事。自从7031离开之后一直卡在喉咙里的眼泪终于淌下来，但它变成了另一种：给死去的朋友的泪水还在喉咙里，淌下来的却是对逝者的嫉妒，泪水从哀恸变成了愤怒，对她心爱的男人的愤怒，他邀请她同床共枕，却拒绝给予她安慰，因为他自己也刚刚经历了失去。在长夜将尽的那一刻，她仅仅是因为羞耻感而哭。她现在知道答案了，一劳永逸地知道了，如果由她自己做主，她不知要等多久才会去问这个问题，或许永远不会。一个她永远不想得到的答案：他是友善的，却不爱她，他对逝者的哀悼深沉而真切，而她自己的双面性格在这世上任何地方都得不到回应。如果他和她有同样的感觉，父亲、母亲和朋友们会怎么说她根本不在乎，但这场失败的判决已无可逆转。睡梦中的他鼓励她抱有希望，睡梦中的他又给予她毁灭性的打击。拂晓时分她从熟睡的男人身边起来，比任何时候都孤独；没有人会了解她的渴望，没有人会盼望和她交往，只有她自己必须继续忍受这副将她引入歧途的躯体。要是前一天晚上回家就好了，她原本就是那样打算的，回家的路不过就是走路，一只脚跨到另一只脚前面。但现在她明白什么是无路可退。她收拾好东西，没有吵醒他就离开了公寓。

17

是天快亮的某个时候，到底什么时候，不知道，六点，还是七点？不知道。她哭了吗？我觉得没有。只是奇怪她不想起床，九点钟了也不起，整个周一都没有离开床，闭着眼睛，但也没睡觉。而且什么都不吃。连咖啡都不喝。整天躺着。躺下再也不起床，她这么跟我说。啊，真的吗。周二也没有去森林。世上没人会这样。周三我去米兹拿鸡蛋，但她不想要她那份。然后第二天晚上她剪掉了头发。没错。我连象棋都不下了。我真的在想我们要不要去趟施坦因霍夫*。我也想过。她漂亮的头发。但是周五她似乎好多了。是的，我也有这种感觉。非常平静。周六下了一场新雪，她第一次下楼。还穿上了我的外套，在楼下说她看着飘雪觉得头晕。我说，那就别看了。我还说，吃点儿好的，然后你又可以结结实实地站在那儿了。于是她张开嘴，让雪花落进去。这就对了。我还笑了。我也是。

然后就到了周日。

18

谢天谢地，周日大女儿总算又想出门走走了。去找你的朋友吗？母亲问她。是的，她说。关上门后，她还能听到母亲对父亲大声说：可是她的朋友一次也没来拜访过，有点奇怪，你不觉得吗？是啊，她怎么去？坐7031？父母对自己的女儿了解得那么少，这是他们的错。有人问过她到底想不想要

---

* 指维也纳附近的精神病院。

个妹妹吗？或者她真的很喜欢维也纳，想马上搬到这里来吗？手工课的老师曾用邋遢和破烂评价她辛苦缝制的布娃娃连衣裙，当时她就知道，不管在维也纳多少年，她一直会是外来者，永远都会是外来者。她还记得外祖母从加利西亚逃难出来，住到他们家时的情景，那几天的厨房闻起来就像从前一样，糖渍梨子和哈拉面包。可外祖母带来的干粮一吃完，母亲立刻为老妇人另寻了一处住所，并禁止女儿们去那里看望她。万军之主，你的居所何等可爱。直到那时她才意识到自己也有犹太血统，可父亲仍然一个周日接一个周日带着她和妹妹去基督教的教堂做礼拜，为了能跟其他公务员和他们的家属坐在公务员专属的长凳上。妻子腿脚不便，所以她去的是离家更近的教堂，十多年来父亲就是这么和同事们说的，直到他晋升到第九薪资级。但即使对于第九级的公务员来说，如今要是像美泉宫动物园里的猴子、骆驼和驴一样悲惨地饿死了，也不是多么大不了的事。她对朋友隐瞒了自己误入迷途的爱意，这与她父母的虚伪和谎言是不是如出一辙？但隐瞒事实对她来说也毫无意义，即便没有说出口，事实就在那里，日复一日做着它该做的事。兰德大街，阿伦贝格公园,诺伊林路,这条路往马尔加雷滕区的方向延伸,过了某个点就被叫作古斯豪斯大街,然后是施莱佛穆尔路,最后是马尔加雷滕大街——母亲写着外祖母地址的纸条就在厨房抽屉里。

19

怎么样,我们出发吧。

出发吧。

每周日她都会去维也纳森林拾柴火。她坐有轨电车到终点站罗道或哈克因,和许多像她一样挎着篮子、背着包或背篓的人一起,从那里走进森林收集干柴,有时候还会掰下一些不太沉的树枝。

你表弟会帮忙弄到煤炭,这挺好的。

帽子、大衣和手套。

好了。

晚上回程,她有时得等一两趟车过去,才能挤上塞得满满当当的车厢,为此常常要在漆黑的站台上站一个多小时挨冻,而在灯火通明的电车里,人们或坐或站,收集的柴火从背包和背篓戳出来,伸过他们的头顶。

还有篮子。

还有背包。

这样一节车厢从外面看就像个水族箱,电车启动或刹车时,雾蒙蒙的玻璃后面,所有人连同那一捆捆树枝就像一个巨大的有机体在前后晃动。

啊,一团糟。

真倒霉。

靴子。

又开裂了。

唉,这破烂儿*。

就这样。

有时候她觉得,贫穷让人们变得越来越相似了,每个人的行动,直到他们的手和手指的动作,都变得越来越一致。她在森林里遇到其他来找柴火的人,看到他们弯下腰、折断树枝、剥掉干枯的叶子,这一切就像她自己弯下腰、折树枝、剥掉叶子。一旦最重要的只是在饥饿和寒冷中存活下来,除此之外别无其他,那么所有人都会不由自主地节省行动和体力——这种节省还是人类在动物时代就具备的共

---

* 原文为意第绪语。

同点——而能够把人们彼此区别开来的任何东西，忽然都被视为奢侈品。

现在好了。

哎，差点忘记钥匙。

那可就麻烦了。

20

只需往前走，一个草草写在字条上的街道名（连同楼栋和公寓门牌号）就会变成一条路，左右两边有房子，有寒冷潮湿的天气，有陷在雪地和泥泞里的脚步声，还有或自愿或勉强、出门来办这个那个差事的人；这条路引着你经过光线黯淡的酒馆和店铺，橱窗几乎都是空的，或者用百叶窗封了起来。老妇人住的那栋低矮歪斜的小楼，入口处守护着一尊石雕天使。万军之主，你的居所何等可爱。老妇人刚逃到维也纳的那几天在女儿家暂住，她告诉大孙女，有两个天使向罗得预言索多玛城将要毁灭，把他带到了安全的地方。这些天使太美了，索多玛的居民恨不得撕咬他们的血肉，把他们都吃掉，祖母说。美如七个世界。*现在，大孙女按下门把手，试图回忆外祖母对她说这句话时的情形，但这个句子突然变得陌生起来，像是只在梦里见过。美如。小楼门房处散发着臭气，光线昏暗，底楼的一扇门上方有个写着公寓号码的金属牌子。楼梯间面向庭院那一侧的窗户，有好几处一定是坏掉了，那里被替换成了木板。那个俊美的男人；唉，嘴唇，鼻翼，睫毛。难道美就没有别的目的吗，除了让那些渴望拥有它的人剑拔弩张，在争抢之中把它撕碎，如果做不到便撕碎对方？她摁响了门铃，也敲了门，但没人来开。她还是个少女时曾去市政厅前抗议，要求结束战争。现在她正处在她自己的战争中心，这场战争远离轰炸、手雷和毒气，然而从黎明到黄昏，再到深夜，要活过一天也无比艰难。

21

以天主之名！我们周日晚上到底做了什么？

1898年因雷击罹难的十四个人中，两个在建筑

---

* 原文为意第绪语。

物内，两个在树下，一个在十字路口石碑下（他本来在那儿寻找掩体），还有七个是在空旷的地方（其中两人正在割草）被雷电击中而死。另有两起事故，具体情况不详。在萨维尼亚河畔劳芬，雷电击中了一名背着锄头的女人。女人因此瘫痪，背上留下了锄头形状的印记。

周日晚上大女儿出门后，母亲给小女儿的鞋子穿上新鞋带。周日晚上大女儿出门后，父亲把文件摊在厨房的桌子上阅读。周日晚上大女儿出门后，小女儿做学校的数学作业。然后母亲从冰冷的客厅取来针线，开始补长筒袜。然后父亲试着戴上眼镜，看这样是否比不戴要清楚，他把眼镜拉下来，从上方看出去，又把它推了上去，最后说：这些字实在是看不清。然后小女儿添了柴火。柴火因为太潮湿而发出了嘶嘶声。母亲说：去洗洗手，不然把本子都弄脏了。小女儿在桶里洗手。母亲咬断了线。父亲翻过了一页文件。小女儿在衣服上擦干手又坐回到桌前。母亲在针线盒里找另一种颜色的丝线。父亲把眼镜放到一边，继续阅读。小女儿在墨水瓶里蘸了蘸，解出了一道算术题。母亲咳嗽了几声。父亲又翻过一页文件。

22

马尔加雷滕大街,霍穆勒巷,沿着这条路一直走,维也纳右道,穿过纳旭市场,维也纳左道,往某处走,吉拉迪巷,古姆蓬多夫大街,施蒂根巷,风车巷,街道两边随处可见的雪堆有肩膀那么高,台奥巴尔德巷、拉尔巷,左右两边堆得一样高,玛利亚希尔弗大街,巴本贝格街,剧院环路,地上很滑,像镜面一样光滑。她是想拐进剧院环路吗?还是向左拐到城堡环路更好?今天距离她和她爱的男人在亚尔塞街等候7031已有一周。一周有多长?如果向左穿过街道,朝艺术史博物馆的方向走,会遇到两个巨大的雪堆,中间是一个结了冰的水坑,于是她向右拐。音乐和听众一起被关在街对面的歌剧院里。她为什么要在外面到处走,走到听觉和视觉仿佛都要消退了?为了散散心?为了让自己溶化掉?两磅黄油,有个男人对着她冰冷的背影低语。多少?她继续走着。两磅黄油和五十德卡小牛肉。男人的低语从她宽大的帽檐下穿过,从背后传到她耳中。两磅黄油,五十德卡小牛肉,十支蜡烛。整个外部世界如此开阔,她一度以为听觉会在其中消退，但她还是听到了男人为了换取她而提供的东西。她想要吗？还是说她更想回家，回到所谓人生正在进行的地方：父亲阅读文件，妹妹做家庭作业，母亲把她这个大女儿称作妓女。父母亲有多久没有一起出门了？今天演的是《莎乐美》。她知道要怎么拒绝吗？还是说她其实并不知道？她转过身去，看到了一个年轻男子，也许只比她自己稍微大一点，他没有戴帽子，在这样的隆冬时节还能看到他稀薄的头发，或许他到二十五岁左右就谢顶了，她想，并为他额头上的汗珠感到惊异，尤其是在现在这样的隆冬时节。

两磅黄油，他重复道，一边注视着她，五十德卡小牛肉，十支蜡烛。

当着她的面说着她的价格。

那为什么不是十二支蜡烛呢，她说，然后开始大笑。

从前，维也纳内城街道上刚落下的雪总是用大车运到多瑙河，倒入清过冰的航道，这曾经是理所当然的，但这种时代一去不返了。因为战争而消失的是新近阵亡[*]的男人。现在，雪被一些战争伤员以及妇女儿童推到一边堆成堆，雪堆在暖和一点的日子开始融化，雪水围绕着雪堆化开，过了一夜又恰巧在本该保持畅通的道路上结成冰。在维也纳人烟最稠密的地方，覆盖在人行道上的冰层在整个冬天被踩得坚硬又厚实，便不再有人试图把它铲掉。若是有人想从巴本贝格街去艺术史博物馆，或是沿着城堡环路左侧出城，必须特别小心，以免摔倒。比如，爱德华·盖布勒上尉昨天就在弗罗伊登瑙的不冻港摔了一跤，造成上臂多处骨折；列兵弗兰茨·阿德勒在马克思巷也摔断了上臂；工厂主莫里茨·盖尔特霍夫在诺比勒巷摔倒，右侧小腿开放性骨折；护工弗丽达·贝尔汀在玛利亚希尔弗大街摔倒，左髋部严重挫伤，都在离这里不远的地方。从巴本贝格街往艺术史博物馆，也就是出城的方向，街道左右两侧的雪堆中间的冰面早已被往来的行人和车流磨得光亮，虽然昨天又有新雪落在上面盖住了它。但因为从那时起有无数的鞋子，还有一些赤脚从这块地方经过，过了一上午，雪已经和冰黏合在一起，它本

---

[*] "刚落下的"和"新近阵亡的"在原文中是同一个词：frischgefallenen。

身也变成了冰。尽管冰面之下肯定没有深不见底的水，看起来却是黑色的，大致是缩小了比例的非洲大陆的形状。下午两点三十分左右，女裁缝奇利·布雅诺夫险些在这块冰上滑倒，碰巧经过她身后的财政厅长官阿尔弗雷德·科恩扶住了她，这才免于摔跤。七岁的女孩莱奥波尔迪娜·塔勒尔路过时在水洼冰面上练习滑行，十一岁的学生大卫·罗比切克试图通过上下跳跃踩碎冰面，但是没成功，一只来历不明的流浪狗在右边的雪堆旁撒尿，弄脏了一部分冰面，位置大约是从前的德属东非，将差不多到尼日尔的区域染成了黄色。六点左右，这一块又冻上了，但表面有些崎岖不平。六点左右，那位年轻女子原本打算从这里穿过巴本贝格街，然后左拐到艺术史博物馆，她在到达赤道上方那应许了救赎的崎岖区域之前，要先踏上光滑如镜面的南非，然而她在最后一刻却步了，转向了右边剧院环路的方向。

所以您不是做这个的？脸色苍白的小伙子问，她早已收住她的笑，说：不是。她很惊讶，这个年轻男人的外套没有系扣子，却还这样满头大汗。如果这样就能让她不至于独自一人在世上度过全部的时间，她宁可自己变得廉价。有多少人可以同时拥有世上全部的时间呢？她是否愿意？她决定和他喝一杯。这样。她不知道他多么感激。在咖啡馆，他抓住她的手，把它们放在他脸上，让她的手擦过那张脸上的涕泪，说她也许会原谅他，他从来没有对谁这样过，但就在刚才他想试试，她也许会理解，因为他的未婚妻不再是未婚妻，她已经，已经让他走人了，即使已经两年，从订婚算起，或许那根本算不上——

这样的一生究竟还有多长呢？

七八十年？

她此刻知道的超出了她所能承受的。

——未婚妻觉得，如果他能像她一样行事就好了，跟所有人乱来。但其实她是该死的。

天呐，年轻女子的手已经完全被哭湿了，她想，这个人完全不了解她。他知道她到底想要什么吗？知道生活已经让她疲惫不堪吗？生活的内部就像一个球，球面无比光滑、漆黑，她不停地跑啊跑，根本找不到出口，一扇小门也没有。

他说，只要她从家里出来，他就会开枪打死她。但她知道他现在想干什么，于是待在楼上不出来，他现在该怎么办，他还没有想过，总之他要么永远拥有她，要么永远都不。

开枪，她问，怎么开枪？

在这儿，他说着，手伸进大衣右边的口袋，是我父亲的毛瑟手枪。

此刻她忽然明白为什么她会和这个男人坐在这儿，他的脸就和她的一样，上面有一种被称作失恋的痛苦，显得如此可悲。现在，在那个对她来说永无尽头的球体内部，忽然出现了一扇可怜的小门。您知道吗，她说，从啜泣的男人那里抽回了手，要让您的未婚妻痛苦一辈子其实是很容易的。真的吗？他说着，抬起了头，这时她正在桌子底下用裙子擦干手。

母亲说：我这就去睡了。她把针线收回盒子里，把盒子放回冰冷的客厅。父亲喊道：我也要睡了。小女儿已经在床上躺了半小时，房间一片漆黑，但她一直醒着。父亲握住了电石灯的手柄。

您真的这么认为吗？他说。
是的。

如果不成功呢?

如果不成功,亚尔塞街上会有人帮忙的。

治愈和安慰病人。

事成之后,她想,我们立刻就能坐上新电车协会最安静的那辆车。

现在我打电话告诉她。

但是只说一句话。

就一句话。

他付了钱,她对服务员说了再见,从一个世界进入另一个世界就是这么容易。电话亭就在街对面,人的体重刚压到地板上,灯就亮了。灵魂便会在黑暗中打电话,她想。就一句话。她在外面的雪中等着,看着这个为情所困的人在亮光中说话,他说话,倾听听筒里的声音,再次回答,倾听,反驳。她得赶紧把他拉出亭子,否则他可能滑回另一边,他温暖的呼吸已经在亭子的玻璃上蒙了一层雾,她打开了门。

听筒里是一个女人的声音:我的老天,请您明天再和我女儿谈吧!

明天就太迟了!

但我已经跟您说了,她不在家。

请您转告她，我直到死也……

您这一生还长着呢。

他沉默了。什么都没说。他的头发稀疏，到二十五岁也许就会谢顶。她平静地从他手里接过话筒，替他对里面说：

您不明白：他必须去死。

我们得五点钟去排队。你别总这样盯着男人的脸看。所有的活儿都得我一个人干。外祖母只能自己应付。

而他呢？

他现在必须去死，而她必须搭上他的雪橇，一起去地狱。

她心里想着别的，但只说了这一句，随后挂断了电话。

母亲听到父亲关上了厨房门，好让炉子的热气能维持到明天早上，然后他走到楼梯间，盥洗室要深半个台阶。用水池里的水冲洗。母亲翻了个身。大女儿身体刚好就不知道去哪里鬼混了。她为这个在襁褓中差点死去的女儿牺牲了自己，现在就是这样的回报。

小女儿不喜欢姐姐的床整夜空着。如果姐姐完全搬出去的话——正如她在和母亲争吵时威胁的那样——只有一点好,那就是她这个妹妹不会再被叫作"那个小的"。周五的时候老师说,奥地利现在只有原来十分之一的面积。她却相反,在战争年代长大,长到了一米七。她的身高和这个她居住的国家的边界没有一丁点关系,但是这一点她明天上课的时候最好不要说。

父亲熄了灯,在漆黑的床上躺到了母亲身边。过去一周,大女儿下巴周围的蓝色阴影总让他想起一些他不愿被提醒的事,但他的想法并不在乎他是否愿意去想它们,一旦时机成熟,不管愿不愿意,就会穿过他曾经思考和经历过的一切的<u>丛林</u>,在其中开辟一条属于它们的路。

现在他们站在歌剧院前,莎乐美早已把约翰的头颅放在银盘上端出来,鲜血淋漓的纸糊的头上是羊毛做的头发,现在又回到了昏暗的道具间的架子上,放在被涂成银色的木盘子旁。他们说好要一起坐出租车去亚尔塞街。车停在医院门口的这个时刻,将由他们从存在着的许多时间中抽取出来,一次就是永久。出租车驶上城堡环路,左转进入人民公园街,接着向北沿着主干道行驶,这条路先是被叫作博物馆大街,然后是奥尔施贝格大街,最后是法院大街,向左转就到了亚尔塞街。行程不超过五分半钟。在这五分半钟内,车后座无人说话。司机按照乘客的要求在医院大门口停下了。

23

报纸上写着:为伦贝格三个鲜血之夜的受害者行动起来:赫米内和伊格纳茨·克林格尔,一百克朗;为了纪念我心爱的母亲特卡·科尔斯基女士,一百二十克朗;卡姆莱尔女士,十克朗,共计两百三十克朗。老妇人正把这些报纸卷起来生火。她所做的一直是对的:从她为女儿找的戈伊,到她送给这个小家庭的火车票,让他们去维也纳参加基督圣体圣血节的游行,再到她自己的逃亡。维也纳森林里捡来的树枝上有很多苔藓,燃烧时会产生难闻的烟雾。鲜血之夜。安德烈。不肯给她和丈夫开门的保姆。全能的主带走了丈夫的生命,而不是女儿的。

父亲到底会在哪里？

在美国，或者法国。

你就一点儿也不在乎吗？

只有上帝知道，去，快去洗手。

就让女儿继续以为她是出于这样那样的原因而无法抓住父亲吧。其实她一直抓着他，一直到最后，直到他只是一小块血肉。但如果她对女儿说这些话，说就连她这个母亲也差点只剩一小块血肉，女儿自己也是，并且在类似的情况下，她的孩子——大女儿和小女儿——也同样只剩一小块血肉，又能怎样呢？对不明真相的人来说，一个人是死了还是在很远的地方有区别吗？凶手的罪孽如今看来就像她自己的罪孽，但这重要吗？不久之前在伦贝格，波兰人在中心广场庆祝他们战胜了乌克兰，与此同时，两条街开外的犹太区正被纵火焚烧。他们庆祝了三个晚上。试图逃跑的犹太儿童被军团士兵扔回燃烧的建筑物，而封锁带后方传来手风琴的乐声。我的眼前一片漆黑。* 在维也纳，她没有多少人陪伴，但是她活着。她的女儿活着，并且两个小姑娘也活着。

---

* 原文为意第绪语。

24

红头发，红头发，叮叮当，火烧韦灵，火烧奥塔克灵*，你就是条熏鲱鱼！承诺没有兑现。提问的人都不想听到答案。即使舌头在接吻时进入另一人的身体，她的内在也永远外在于他人。消除边界，这就是她想要的。为什么她不能既爱朋友，也爱朋友的恋人？究竟什么在禁止她，又是谁在禁止？为什么不许她像坠入河中一样坠入爱情？既然禁止她在河里游泳，为什么其他人也没有在那里游泳呢？为什么母亲会叫她妓女？为什么不许她告诉任何人她的外祖母是犹太人？世上的爱真的这么少，少得不足以把事物黏合在一起吗？为什么会有区别，有落差？难道是她自身的缺陷导致这一切崩溃的吗？无论如何，现在是她脱离这个世界的时候了。

毛瑟 C96 手枪在"一战"期间还没有投入常规使用，但已广受欢迎。C96 的特点是它的弹夹不在握把内，而在扳机前。1919 年 1 月 26 日周日，大

---

* 韦灵（Währing）和奥塔克灵（Ottakring）都是维也纳的区。

约晚上十一点十七分，亚尔塞街4号，也就是北纬48.21497度、东经16.35231度，维也纳综合医院，刚刚抵达的一辆出租车上坐着费迪南德·G.先生，医学院第三学期的学生，按照约定，他要将这把便携式武器的枪口对准一名他匆匆结识的年轻女子的太阳穴，就在外面传来犬吠的一瞬间，就像是对这声犬吠的回应，他真的扣下了扳机。

她终于不必再困于这副皮囊。某人终于用一发子弹打开那扇可怜的小门，让她成功地进入了自由之地。治愈和安慰病人。一个死去的女人有无限的亲缘关系，她现在无限被爱，也有无限的爱给她一直想爱的人，此时她和她逝去的思绪完全溶解在其他所有思绪之中。人们是否曾见过一个男人如此柔软的嘴唇呢？她现在漂浮于这嘴唇上，全然和她爱的人融合，越来越远，他们是水，也是水上深蓝的天空，被禁锢在两排无尽的窗户后面的人将窗子大开，深深地呼吸。

随后传来第二声枪响，这位某人的血溅在她脸上，弄湿了她的头发，又或者那是她自己的血？现在她才感觉到炸裂般的头痛，但它为什么没有真的裂开？她不是应该已经死了吗？有人打开了车门，出租车司机向被枪杀的她伸出手臂，把她带下车，维也纳寒冷的空气灌进她的头颅，紧贴着吹过她的思绪，她全然赤裸地暴露着，直到皮肤之下。我的天，她听到司机说，也听到了那个某人可怜的维也纳式的哭泣，他显然无法像约定的那样开枪打死她和自己。在她闭上的双眼前出现了一个像镜面一样光滑的南非，她迈开脚步踏在上面，滑倒，然后她坠落，坠落，坠落。要是早知道穿过门的时候下面没有地板，那就好了，她想，继而停止了思考，就像她曾设想的那样。

母亲睡着了，父亲睡着了，妹妹不安地做着梦，但也睡着了。漆黑一片的厨房里，桌上的公文包中静静躺着父亲的文件，但是没有人在半夜阅读它们，没有人问起 1897 年 8 月 20 日，在普拉布奇山脚下的维茨尔多夫发生了什么：笼子里的鸟从栖木上掉下来，人们惊恐地从床上跳起，一种共同的恐惧向所有人袭来。与此同时天上降下暴雨。在两个女儿的房间里，大女儿厚厚的日记本藏在柜子的后面。

25

将近清晨四点，警察大声地敲着公寓的大门，装在门上半部分的玻璃发出哐啷哐啷的声响，母亲第一个惊醒。接下来的三天，大女儿不省人事，除了胸腔的起伏，病床上的她没有任何动静，但即使像这样一动不动，据说她的内在还在和死亡做斗争。母亲跟护士们抱怨，说她女儿这样的情况，还得躺在一间有十二个床位的病房里。父亲说：算了吧。母亲抱怨臭味，抱怨其他病人的喊叫。父亲说：行了。母亲问那个不假思索地把她女儿称作"自杀未遂者"的医生：您从来不洗手吗？

父亲静静地坐在临终的大女儿床边。

你也看到他指甲里的脏东西了吧？

没有。

这样的人是肯定不能碰我的孩子的。

男人用块旧布料，做了条裙子，
　裙子破了啊，用它做背心，
　背心破了啊，用它做帕子，
　帕子破了啊，用它做帽子，

帽子破了啊，用它做纽扣，

纽扣什么也做不成，于是作了这首歌。

周三到周四那晚，午夜到凌晨一点半之间某个时刻，在那间有十二个床位的病房里，当护士穿过设置在这里的第一和第二检查区时，年轻女子终于停止了呼吸。上午，维也纳天主教区的一位工作人员把年轻女子的名字登记在一大本死亡登记簿上。下午放学后赶来探望的小女儿，走到一张已被清空的床铺旁，问起姐姐的去向时被告知，她已经被转移到停放死者的太平间了。

26

凶手还活着，母亲说，杀我女儿的凶手自己倒没事，但是女儿死了。

随他去吧，父亲说，根本还没确定那人有没有活下来。

我们的孩子被一个人开枪打死了，你还说随他去吧。

到底是被什么人，小女儿问。她很快就会被只称作"女儿"了。

我告诉你，要是你像你姐姐一样出去鬼混，看我怎么收拾你。

听说她根本就不怎么认识他，父亲说。

开枪打死，也不需要怎么认识。

小女儿沉默了。姐姐不想让她知道自己的秘密，也绝不允许她跟父母或任何不相干的人提起，这个禁令现在仍然有效。现在事情已经发生了，就算她告诉父母亲她在一周半前看到姐姐和一个男人走在维也纳的街道上，又有什么用呢？

直到一周半前的那个星期天还一切正常，父亲说。确实，母亲说。

周一快到早上那会儿她还，父亲说，周二也是，小女儿说，这世上没有谁，父亲说，周三我还，然后，第二天晚上，小女儿说，没错，好像是周五，父亲说，周六下了初雪，父亲说，小女儿说：然后就到了周日。

别说了，母亲对丈夫和女儿说，你们这样也不能让她活过来。

我们再也不会知道之前究竟发生了什么，父亲说。

母亲说：这样挺好。

以天主之名！我们周日晚上到底做了什么，父亲问道，然后开始哭了起来。

27

直到周五下午父亲才动身前往马尔加雷滕，病理学中心已经鉴定过子弹的弹道，调查了有没有可能是年轻女子自己开的枪。母亲，就如她自己所说，已经受够了这些手续，毕竟生活也需要有人照料。大楼门房处散发着臭味，光线昏暗，底楼的一扇门上方有一个写着公寓号码的金属牌子。外祖母得知了发生的事，什么也没说，可她的整个身体却不住地颤抖。父亲想起第一次走进她的店铺见到她女儿时的场景，她的皮肤是那样雪白，如果他是一只甲虫，爬在上面甚至会雪盲。他回想起这位女店主不久后就带他去看女儿的床，一只猫蜷缩在里面睡觉。他沉默地向她点点头，转身走了，他打开了大门，她在他身后关上了门。那些在天晴时可以从楼梯间看向庭院的窗户上，好几处用木板钉了起来。

调查结束后，工作人员在死亡登记簿上录入了死亡原因：颅内出血，周二葬礼在维也纳中央公墓三号门的天主教墓园举行。在黑漆漆的墓坑边，守墓人做了祷告，父亲和妹妹画着十字，母亲的手插在外套口袋里。彼岸世界。* 外祖母想，外孙女至少葬在了天主教墓地里，但她或许还是更希望大家能等她一起来。这一次她又把难办的事留给女儿一个人了，正如从前，就连女儿走路都不是她亲自教的。

也许，小女儿想，如果她当时听从姐姐的要求，吞下玻璃弹珠，从西蒙家的墙上跳下来，或是让她按照其他方式处死自己，一切都会不一样了。此刻姐姐就处在她的位置上了吧？还是她的死也不会让姐姐想到她？父亲抓起一把土撒进墓坑，让此刻隆起的坟茔显得像座污泥土堆，雪落下的那天，女儿还活着。

在那边，从这里望过去那高高的围墙后面，是犹太墓园，那里没有高耸的树木，上面的天空一览无余，不知道的人或许还以为墙那边是城市铁路或者荒地，但母亲知道那里是故意不栽种树木的，因为年深日久，树根会在埋葬的骨头间蔓生，将它们

---

* 原文为意第绪语。

彼此分离,等到末日审判的那天,被召唤的那个人就不再完整了。

从墓地回来后,女儿晚饭吃了她自己的那一份羊肉,吃了父亲说他吃不下的那一份,最后吃了姐姐的那一份。母亲没有声张家里少了一个人,清晨她在大市场用票券换到了逝者的 12 ½ 德卡食物。亲爱的主,亲爱的主,我们称你为天父,你已给了我们牙齿,也请给我们用来咬的食物。姐姐躺到地底下之后,妹妹才第一次觉得饿了。

28

从未露面的表弟总算来了,只是为了来说那件事。哦,到底什么事?就是外祖母在得知大孙女去世的那晚,从通往地窖的楼梯上摔了下去,表弟的原话是,很不幸,摔了下去,于是,他们现在应该明白他的意思了。直到至暗时刻,才真正不会有光明。母亲起身,把脏盘子摞起来。饭前她边摆桌还边想,她有一个活着的母亲。对于不明真相的人来说,一个人是死了还是在很远的地方有区别吗?表弟打听了好几天才得知这家人的住址，葬礼依照犹太习俗，已经办了。难道战争还没结束，女儿想，所以一下子才会有这么多人去世？我不明白，父亲说，她要去地窖做什么，那里肯定好久都没有煤炭了。谁知道呢*，表弟说。现在他必须活着过完这个月的一号还有下个月和下下个月的一号，这样死亡才不会超重，这样一切才能平衡，才不会在突然间倾颓。父亲只是这样想着，没有说出来。表弟在便条上写下：四号门，三区，第八排，十二号，他离开后，母亲把便条放进了厨房抽屉。

29

在墓碑林立的雪地中间，在公墓犹太园区的尽头，很容易找到那个新近堆起来的土丘。电车经过一号门，二号门，三号门，最后是四号门。生前所持的信念，决定了一个人躺在哪个站点的地下。不到一分半钟的车程，将死去的新教徒、天主教徒和犹太人分隔开。从外祖母的墓地向外看，很容易就能看

---

* 原文为意第绪语。

见环绕天主教墓园的高墙,看见高墙后面白雪覆盖的树木,在一片寂静中,从这里也能听到重重的积雪从枝头滑落,尔后树枝又迅速弹回原处的声音。

30

死去的母亲的公寓冰冷而昏暗。桶里的水都结了冰。她想把水倒在院子里,水整个变成一块坚硬的冰坨掉在地上。火灾、蝗虫,水蛭、瘟疫、狐狸、蛇、臭虫和虱子。丈夫用在维也纳拿到的第一笔薪水请她去了城堡剧院。他们坐在最便宜的座位上,看了《在陶里斯的伊菲革涅亚》。永别了。幕布落下的前一秒,她坚信自己比剧院里的任何人都更明白断念的含义。她从没见母亲读过《歌德全集》,现在,这套书还摆在书架上,整齐地排列在小座钟旁边,就像之前在家一样。这就是母亲逃亡时的手提箱这么重的原因。永别了。她仅仅用一捧雪就把第一个孩子从地狱拉了回来,为此付出的代价是她的一生。可现在她明白了,有些东西根本没有价格。四周没有风吹!/可怖如死亡的寂静!/广阔无垠的海面/不兴一丝波澜!难道母亲是为了她才把书带来的吗？还有碗橱上的七烛台她也装进了手提箱。当心，别从楼梯上摔下来。*现在和母亲说意第绪语已经太晚了。楼梯间面向庭院的一些窗户已被木板取代。她没有在大门口回头，所以没看到门上方的天使。她真想知道，母亲到底为了什么付出一生。回到家，她在书脊有点磨损的第九卷里找到了她还能背诵大部分的戏剧。她没烧柴火，也不洗碗，不排队，不缝纫，不织补，不哭；她将自己裹在毯子里，坐在厨房静静地阅读《伊菲革涅亚》，就像小时候一样。

31

父亲直到一年多后的 1920 年 12 月 2 日才去世。母亲在黑市上卖掉了他的衣物。但她事先把刻有帝国之鹰的金纽扣剪下，收在一个盒子里。父亲十二月的工资还是支付给了这位寡妇，这份工资眼下只够吃一顿午饭。起码女儿每天在学校还可以领到美国人给的一份可可牛奶。

---

* 原文为意第绪语。

32

1944年,在一片白桦林中会有一本写了日记的笔记本掉到地上,此时一名哨兵正用枪托推着一名年轻女子向前,而她试图用她先前夹着笔记本的手臂保护自己。笔记本会掉进泥里,但女人无法回去将它捡起来。它会暂时躺在那里,风雨会将它翻页,脚步会从上面踏过,直到那里写下的所有秘密变成和泥浆一样的颜色。

间　奏

如果外祖母推迟半小时动身去维也纳森林拾柴火；或者，如果这位对生命感到疲倦的年轻女子离开外祖母上锁的家门后在城里闲逛，没有从巴本贝格街右转进入剧院环路，也没有在那里碰巧遇上以可怜的年轻男子形象出现的她的死神；或者，如果这个可怜的年轻人的未婚妻晚一天再解除婚约；或者，如果这个可怜的年轻人的父亲没有把毛瑟手枪留在未上锁的书桌抽屉里；如果年轻女子没有因为裙子太短而从背后看起来像妓女——半年前她究竟为什么要将它裁短；或者，如果因为天冷，她不顾滑倒的危险，穿过巴本贝格街走到路面结冰的地方，而没有出于避免滑倒的安全本能，让自己在不久后径直投入死亡的怀抱；是的，如果她滑倒了，也许甚至摔断一条腿,她会被送到维也纳综合医院打石膏,而不是几天后躺在医院冰冷的停尸间,原则上是健康的,只是死于一场自由选择的暴力;或者,如果从瑞典席卷而来的冷空气在两天前被温暖的墨西哥湾流取代,那么外祖母要到周三才需要去维也纳森林;或者如果水坑没有结冰,那么这位年轻女子在巴本贝格街尽头就不会右拐,她会当即决定从维也纳艺术史博物馆经过,虽然博物馆周日晚上不开门。她曾在里面见过一张家庭画像,只有父亲、祖母和孩子,于是在那一刻,她想的就不是枪杀,而是父亲递给孩子的柠檬,想起暗色画布上水果闪着的黄色亮光,而在闭馆这段时间,是看不到它挂在墙上的。是谁决定了在何时要产生何种想法?过了半小时,甚至整整一小时后,她才会意识到自己除了父母的公寓没有其他地方可以过夜,于是她会转身走上环路,但这次是为了回家,她没钱打车,回家的路仍然会经过歌剧院,但就不会在剧院环路碰到那个年轻人了,他早已经用两磅黄油、五十德卡的小牛肉和十支蜡烛的价格躺在了某个妓女的臂弯里,她便会不受打扰地到家,按响门房的门铃,并要求母亲为她支付打点门房的钱,母亲会为此责备她，但这些责备只会坚定她尽快开始赚钱的决心，这样才负担得起一个自己的房间，有朝一日搬出父母的家。或许决定性的时刻根本不是刚刚过去的那一刻，而是之前的一切。有一整个世界的理由来解释为什么她在此刻走到了生命的尽头，也同时有一整个世界的理由解释了她为什么现在还能够活着，并且应该活着。

无论如何，她在那天晚上会下定决心要搬出父母的公寓，无论是拖着摔断的腿坐在综合医院的候诊室，还是帮外祖母背着背包身处维也纳森林，又或是在外祖母留她过夜之后，躺在外祖母的沙发上，盖着一条薄毯子瑟瑟发抖。如果上不去，就必须下来——但如果过不去，也不得不过去。然而，最有可能的还是，她会躺在自家的床上，另一张床上睡着她已长到一米七的妹妹，如果她确定妹妹虽然睡得不安，但已经睡熟了，她就会再次起身，拿出藏在柜子后面的日记，用一支小铅笔在黑暗中像盲人一样写下发生的事。就像十四岁那年身处饥馑中的她决心不让自己再被饥饿勒索，现在身处不幸爱情中的她也下定决心，不让自己再被不幸的爱情勒索。

间奏

如果这个夜晚她避开了每个可能将她的厌世转化为死亡的维也纳的地点和时间节点，那么此刻，就在写日记的当口，她会明白，自己归根结底想做的无非是靠写作谋生，她会开始考虑如何写以及写什么，于是在这极度悲哀的一周中，她第一次开始思考除了那个她爱的男人，除了她自己的羞耻和不幸以外的其他事。

第二天早上她将无法破译自己写在日记本里的内容，因为昨夜在一片黑暗中，好多字母重叠交错着挤在同一行里。那个可怜的年轻男人会毫发无损地活下来，过了几年到他二十五岁左右便已谢顶。外祖母不会从地窖的楼梯上摔下来，十多年后，当她受到逮捕威胁时会在外祖母家藏几天；但就算在这些情况下，父亲的死亡也不会推迟，那晚之后仅仅过了五周，也就是同年的3月2日，他死于心力衰竭。在他的坟墓旁，大女儿会再次想起那位哥特式的父亲在一片昏暗中向他的孩子递去的柠檬，可能是男孩也可能是女孩。她会拿走父亲为《施蒂利亚地震笔记》做的摘抄，含泪将它们写成她的第一篇文章：愿大地再次裂开，吞噬那些发战争财的人！

因为尽管父亲死在床上,照医生所说是由于心肌衰弱,但她却坚信他最终是死于战争。

母亲会得到父亲三月份的薪水,刚好够当下一周的开销。

第三卷

1

一个女人坐在书桌前写她的履历。书桌在莫斯科。这是她这辈子第三次必须要写履历了,这份书面履历完全可能终结她现实的生命进程,只要有人愿意,这篇文章就可能变成对准她自己的武器。也有可能文章会被保存下来,从她交上去的那一刻起,她将不得不遵守它,证明自己配得上它,或者证实那些会由它引发的最阴暗的揣测。如果是后一种情况,那么她在这里写下的文字迟早会置她于死地,就像被误诊的疾病,结局也许会有延迟,但终究无可避免。她丈夫不是总说,在戏剧中,墙上挂着的枪必然会在某时打响吗?她想起易卜生的《野鸭》,

最终枪响时她曾经落泪。不过,也许这次她会成功的,毕竟这就是她坐在这里的原因,是她唯一的希望,也是她费尽心思寻找正确词语的原因,也许她会给自己写出一条生路,用一些文字或多或少延长她的生命,或者至少让它少一些负累,她现在唯一的希望是把自己写回到生命中去。但什么才是正确的词?真相会比谎言让她走得更远吗?在众多可能的真相或谎言中,她该如何取舍?她甚至不知道谁会读她写的东西。

只有一种情况她不会去设想:这篇文章只不过是一张写了字的纸,它会被装进文件夹,然后被遗忘。在每个孩童、每个清洁工和每个士兵都能背诵莱蒙托夫和普希金的国家,这样的事是不太可能发生的。

2

我于1902年出生在布罗德,是一名公务员的女儿,也就是说有小资产阶级背景。她的小资产阶级背景意味着什么?或许意味着她的外祖母在二十多年前从加利西亚逃亡到维也纳时,随身带着一套《歌德全集》？可在维也纳的头几年，父亲的薪水也不足以让他们雇用女佣。她没有上过钢琴课，她妹妹也不会拉小提琴。她当然知道她的小资产阶级背景在于她的父亲不是工厂工人，而是气象局的公务员。我赚钱靠的是屁股，他有时会说，指的是他坐在椅子上的屁股上的肉。即便如此，他们也差点饿死。但小资产阶级的出身还是留在了她第一份用于申请入境苏联的履历中，也留在了第二份加入苏联共产党未果的申请中。也许此时在她的第三份履历中这依然是一个污点。她的出身黏在她身上，她也黏在她的出身上。她能够从头开始重塑她的思想，但无法重塑她的家族史。

她永远不会拥有和她丈夫同等程度的自由，他是永远自由的，双重自由，即使他如今在监狱里，原则上也是自由的，因为他从事写作前做过锁匠学徒，并且曾经是一名雇工，一名双重自由的雇工，这意味着：他不拥有任何束缚他的东西，他可以去任何想去的地方。从社会的角度来看，他身上没什么能被剥削的。无产者在这个革命中失去的只是锁链。但她自己呢，真的有更多可以失去的东西吗？难道她不仅继承了父亲的近视，还继承了他的恐惧？

他的一生都在担忧,一个轻微的过错会让他无法从某个收入级别晋升到下一个收入级别,在最坏的情况下,比方说碰上一场革命,甚至还会彻底失去工作。是否双手天生就比头脑更诚实呢?她还是个小姑娘的时候,很喜欢手工制作一些世上从未有过的东西——但那天在学校,手工课老师当着全班举起她做的娃娃裙子,当作她所谓的邋遢和破烂的例子,从那天起她就对用自己的双手制作东西失去了信心。如果有一份天生的恩赐,那么也可能会有一份天生的笨拙。邋遢,破烂。后来,她更加热切地要把工人的事业变成她自己的事业。

1909年,我和家人移居维也纳。由于长期的困顿,我十四岁时第一次在政治上活跃起来,1916年,我带头进行了一次反战示威。当时我还没有学习过马克思主义,我的反抗来源于对和平的本能向往。

在她为了入境苏联而递交的第一份履历中,还加上了这些话:……但我的抗争源于对战争的强烈憎恨。1917年苏联的诞生,不也是基于布尔什维克同样的决心吗?决定以巨大的牺牲,成为世界上唯一一个自主摆脱非人道战争之重负的群体。

如果当时革命在全世界成功了，那么各国无产者的联合不仅意味着新世界的开始，也应当是永久和平的开始。人类究竟为什么要互相残杀？奥地利人有什么理由让意大利人流血，德国人为什么要撕碎法国人？没有任何理由这样做。

1918年和平到来，但欧洲各国的边界并没有消除，它们只是发生了一些改变，而劳动者和不劳而获的人之间的边界在苏联以外的所有地方都未被撼动。这可悲的和平持续了差不多二十年，年轻的苏维埃政权孤零零地对抗欧洲所有反动派的统一战线，在一场新的战争中，苏联将不会是他们众多敌人中的一个，而是唯一的敌人。这场战争肯定不会让人等太久。她用当下的眼光去审视自己曾经的模样，一个热爱和平的年轻女孩。她在当时就已明白，革命流淌的鲜血和战争流淌的鲜血是有区别的。此时她还知道，战争和战争也不尽相同。

战争结束、父亲去世后，一开始我在政治立场上是完全孤立的，我写反对军国主义的文章，但没有工人报刊愿意发表，我还开始写第一部小说《西西弗斯》。

不仅在政治上,当时她在生活上也是如此。孤独。但她没有把这写进履历。几乎毁掉她的那段经历现在成了好事,因为直到最近她才知道,当初那个她巴不得为之而死的男人早已加入一个托洛茨基主义团体。他们刚认识的时候他叫 W,再次在某个集会上偶遇时,他的身份是 E 同志,再后来,他就像他们之中的许多人,包括她自己一样,在不同的身份中辗转。他变成了 Za,她有时会读到他的文章。后来参与地下工作,他又叫作 P,这是一位女同志告诉她的。但他最近在列宁格勒活动用的是什么名字,她不知道。过去的几个月里,她偶尔会听到有人提到托洛茨基派、季诺维也夫派、布哈林派的 lü,但从没想过这就是她很久之前深爱过的男人。就在几周前,她偶然间在报纸上看到了一张名叫 lü 的被告的照片,才认出来是他。

  我要求。

  在西班牙内战。

  不行。

  我在战场上,没有参加代表大会。

  我必须反对。

在战壕里。

还有其他路可走。

那时 F 想把责任归咎给我。

此后再也没有。我要求。

延迟引爆,你们必须。

为什么在这儿绕弯子?

Lü 是他最好的朋友。

我?决没有!

还在这儿绕弯子。

Br 只是一个。

F 在散播怀疑的种子。

不能这样处理。

不在后方!

属于那种也会写作的干部,但不是作家。

一条清晰的道路。

我不明白为什么 Br 不反驳。

我不懂 F 为什么不约束他愤世嫉俗的情绪。

也把它考虑在内。

为什么 F 如此悲观?

你们有没有。有多两面派?

没有建设性,没有创造性。

Br的宗派主义要仔细审查。

相反,是有害的。

看看前言吧,俄语版的句子改动了。

这不是真的。

前言是。

这不是真的!

没有前瞻性。

诋毁,无耻。

前言不一样。

你是不是想说。

我没有诋毁任何事,我只是想,这和俄语版不一样。

你是不是想说。

对此我无话可说。

我申请退出。

我也辞职。

最好立刻就办。

也许我们确实应该这么做。

对此我真的无话可说。

也许我们确实可以在。

可能会被训斥。

但不是在——

到底为什么?

在一位党代表面前。

那我不参与。

那段时间,我在文具店里做售货员以赚取生活费。她还没有在任何一份履历中提过,她常常在这家小店后面房间里的纸堆上午睡。这是经过外祖母的表弟,也就是这家店的店主允许的。大张的纸比任何床单都干净,而且她会真的像上床睡觉一样,把鞋脱掉,然后把自己安置在架子上的一层。她不再与母亲和妹妹同住的最初几个月总是感到疲惫,无止境的疲惫,因为晚上要写小说。她常常希望父亲能活过来,也许她真的能够凭借词语让父亲复活,只要她用的是正确的词。

一个文静的年轻小伙来店里问她买过几次红纸,还让她就在店里用大裁纸机裁成传单大小。他默默地看着她设置好机器,然后转动大曲柄,一口气将一整叠纸切开。我通过 G 同志第一次与奥地利共产党取得了联系。有一次她看到路边躺着一张被风吹开的传单,已经印刷好了,她认出了那个颜色。她捡起传单开始阅读。

整个夏天,G同志没再来店里,九月份他再次出现时,不是睁着两只而是一只半的眼睛看着她。他看起来多么像美泉宫动物园展出的巨大又疲惫的蜥蜴,这是战后为数不多的新购置的动物。

他挨着她站在裁纸机旁时,她边整理着纸摞边问他:

是意外?

他说是有人把他打倒在地。

真的吗?

一个士兵。

士兵?

是的。

为什么?

暴乱。

她读到过这件事。在赫利巷那边,还有几个共产党员丢了性命,但在这里,亚尔塞区,生活如旧。

您的眼睛还好吗?

总是流泪。

抱歉。

她用滚轴将那叠纸压平整，突然想到，以后谁也没法确定，这个文静的男人是真的为了什么在哭呢，或者只是他的眼睛在流着不相干的泪水。

或许她会想来参加一次？

她一口气切开那叠纸，他用手背擦了擦湿漉漉的脸颊。

他说，他所在的共产主义小组每周三开会。

这样啊。

所以有人会为了爱情以外的东西牺牲健康，甚至生命，或者会先保全自身，直到有一天为了正义的事业将自己的生命和身体投入时间的巨口。

但在匈牙利，一切都已经结束了，她说，指的是匈牙利苏维埃共和国。

我们正在学习，他说，世界还不知道有什么东西在生长，但他们很快就会大吃一惊。

人们永远无法得知他到底是笑出了眼泪，还是只是在笑，她想着，把刚切好的那摞纸包了起来。

本人看到他时，本人正与 B 同志走在特维尔大街上。他走在街道的另一边。他抬起手，与本人打招呼。本人也挥了挥手。我们要不要让他过来？老天，被人看到了怎么办！如果有人看到，也只会看到他冲着本人挥手。我向他打招呼，他过来了，B 走到一边。我们在施特拉斯诺伊街来回走了好几趟。谈的都是些无关紧要的事。我们谈到了照明，一种绿色的灯光。他的态度很亲切。我们在一起待了大约一刻钟的时间。然后他就走了。本人和 B 同志与他说过话，这在此刻会被判定为犯错吗？不管怎样，我们确实和他说过话。

后来的一个周三，她生平第一次跟这样一群人见了面，他们不是只抱怨一切有多么糟糕，而是清醒地调查研究为什么这台所谓的进步机器一直在损害而非促进人类的福祉。

否则，在我们这个连社会进步本身都还不成熟的时代，年轻又有什么意义呢，其中一个人问道，大家都叫他 H 同志。他甩了一下头，把额上的一缕头发甩开，这是她后来非常熟悉的动作。

十八岁的年纪还不够。*

---

* 出自苏联诗人马雅可夫斯基（1893—1930）的诗《青春的秘密》。

人类通过现代发明,终于获得了技术手段,使自己超越了维持基本生存所需而受到的束缚,现在是时候要确保这些手段真正为人类服务了,一位名叫 A 的胖胖的同志喊道,他站起身来,振臂一挥,开始描述人类的崛起。不是为了少数人积累不可估量的财富,不是为了征服殖民地而获得新市场和更廉价的生产地,不是只为了在下一场战争中重新分配自然资源。不!我们正站在起点,他喊道,不是在中间某个地方,而是最前面,他再次振臂挥起一股气流,把这阵风推到桌子中央,驱散了聚集在那里的烟雾,使它旋转着向四面八方散开。然后他坐了下来,给自己重新卷了一支烟。

十八岁的年纪还不够。

为了让人们留心听她讲话,U 同志说话声音很轻,几乎是在耳语,生产收入的分配必须通过法律来规定,因为只要一个人有可能变得富裕,他就会这样去做。

没错,H 说,无论如何,现在终于是时候揭下有产者的皮,让人类真正合而为一了,并且是前所未有的规模!任何长着牙齿要张嘴吃饭的人,都应该自己消化,应该自己生长——和排泄!他喊道,大笑着露出牙齿，血肉之躯，他喊着，把一缕头发往后一甩。

美丽的Z笑了，U同志再次在大家几乎听不见的边缘发言，认为H同志可能过头了，但原则上没有错：大规模的、异化的劳动只是通往新世界的初级阶段；在那个新世界，大规模生产也将有益于大众。

这可不是开玩笑，G说，此时他的眼睛又开始流泪，让人分不清他是笑出了眼泪还是在哭，或者两者都不是。不是开玩笑，他说：既然人类能驯服完全包围我们的大自然，我们当然可以防止自私自利的本性把我们带回动物状态。

不，青春不再是用来挥霍的，不再只是空等着岁月流逝，直到某一天坠入暮年，就像坠入一件早已被磨破的旧衣服。它的存在不再是为了弥补上一代的失败，而让自身化为齑粉。青春就是要放手一搏：为了一个从未见过的新世界。

他们心情都很好，喝着咖啡，还唱歌。

我在那儿就是看人家跳舞。我不会跳舞，对我来说是无聊的两个小时。

我们过来打牌。完全没有交谈。

他们当时在喝咖啡。完全没有聊政治。

V有时会来我的公寓,我觉得他主要是为了蹭些免费烟酒。我没发现他的行为背后有什么政治动机。

V也进过我的房间好几次,我们只聊了一些往事。1935年11月初,我在街上匆匆见过他一回,也是唯一的一回。

1931年秋天之后,我就再也没有见过他。我们之间谈不上什么亲近的关系,无论是私人的还是政治的。

有一次我喝啤酒的时候他过来和我坐在一起。

他给我的印象非常不好,就再也没见过他。

他根本不能喝。往往喝一杯就差不多了。

有时就是假装的!

没错,我知道。

Br同志在V家里时是否见过T同志?

我记不得了,这有可能的。我觉得见过的可能性大一些。

为什么你这么认为?

据我所知,他们俩之前就认识。

S、L、M 和 O 也去过那里。有一位瑞典的女记者，然后是 K 和 Sch，H 和他的妻子也去过，除了他们还有 R 同志，Ö 和他的妻子，我想这就是全部。

我也去过。

对，Fr 和 C。

醉得一塌糊涂。

无论当时的氛围多么欢乐，我认为我有责任坚决制止诸如此类的迷醉夜晚。喝酒的时候是无法监督是否发表了不可再被监督的政治言论的。

有一次我在他家跨年，当时整个公寓里满满当当都是人，很多同志都在。

我当时在吗？

不在。

我在吗？

不在。

我呢？

不在。

我去过他家一次，因为他已经邀请我十次了。

我总在外面旅行，所以我和 V 没有任何交集。

直到最后，我们中的任何一个都没能看出 V

是双面人,这事肯定令人相当不安。我从中得到的教训是,他的行为是有瑕疵的。

一天晚上,她在一次会议结束后向 H 提起她的《西西弗斯》,他也跟她讲了自己写的剧本。几天后,他俩一起去参加一个所谓革命作家的聚会,忽然之间,那些长久以来互不相干、没有意义的东西聚合了起来。拥有世界观的含义就是:学着去看。只有找到正确的词,才能改变世界吗?又或者,只要找到正确的词,就能改变世界吗?

O 同志在她关于罗莎·卢森堡谋杀案的文章中,能像描绘受害人那样细致入微地描绘自卫民团士兵吗?这个问题实际上是在追问,她是否事先就明白自己要写什么,或者说相反地,在写作过程中不断寻找才是她的职责所在。这也是在追问,善恶是否真的不可逆转,简而言之,其本质就是追问人性是否可能被教化,我们对此抱有的希望是否有界限。这位或那位经典作家,写作时是投身于时代浪潮,还是在时代之外冷眼旁观,这与工厂的权属一样是生死攸关的问题。用十四行诗写革命诗歌是向敌人投降吗,是变相撤退吗?毛衣上总粘着猫毛、牙齿因吸烟而变成褐色的诗人J，难道是要将革命禁锢在十四行中？如果社会民主党的蠢货在六月没有把我们的领袖囚禁起来，一切都会不同！在这个聚会上，她第一次感觉到文学本身是真实的，就像一袋面粉、一双鞋，或者一群起而反抗的人一样真实。在这里，文字本身是可以触摸的东西，在文学和所谓现实之间不存在空隙，相反，句子本身就是现实。梵高割掉了自己的耳朵；戏剧中一个角色的话被另一个打断，难道不会感受到同样的疼痛吗？共产主义者是为了写作才来到这个世上的吗？每个词都至关重要吗？

可惜我经常缺席，因为我属于不受欢迎的那类人。我有时性子非常急躁，F同志觉得我不可理喻，把我叫作蠕虫。真要说句不客气的话，我可能会说他是个无可救药的酒鬼。但我没有这么说，因为我不希望自己堕落到那种程度。我当然会犯错误。我愿意毫无保留地进行自我批评。M同志和C同志也对我厌恶至极，他们的喋喋不休让我很厌烦。现在我必须证明自己的清白，而不是任由M来证明他的道理。举个例子，M同志在查点撰稿人名单时忘记了我的名字，这让我很难过。这显然是不尊重人。当然，我并不想说他是作为法西斯的代理人在参与政治活动。我重申一遍：我没法证明任何事。我和C同志发生过一次争执。我开始犯错误。突然间，我开始对私底下的交流方式感到厌恶，这是我以前从未有过的感觉。这里说说闲话，那里说说闲话，然后事情突然就发生了。如果我没记错的话，C似乎一直在怀孕和流产。我想说，我现在并不是在揭发什么。我正在努力让人最终能以直截了当的方式告诉我发生了什么事。你们对我有什么指控？我为我的尊严而战。我要求M同志站出来解释清楚，为什么我没有收到稿约。M同志应当站起来，C同志也应当出来。我非常清楚自己犯了什么错。但不该用"没有及时交稿"这样的借口来责难我。那个V是我在莫斯科这里认识的，他身上很臭，就像一只横冲直撞、目中无人的狗。此外，他还撒谎。我立即向领导进行了汇报。每个同志都有缺点，如果一个人说自己没有缺点，那就说明他没有做过任何自我批评。顺便说一句：V总是以最大的轻蔑和屈尊的态度来对待我，这是我不能忍受的，尤其是他完全没有必要这样做。我认为我们应该将这样的家伙从苏联领土上消灭。到底是怎么回事？要是我现在开诚布公地去谈论一个又一个同志，我最后可能会因为某句话而断了脖子。大家互相帮助难道不是更好吗？我来到莫斯科，一个鬈发的高个子来找我。一个做什么工作都很愚钝的人，却是任何反革命分子都欢迎的猎物。他给我带来了几首诗。它们糟糕得简直可笑，甚至让我感到恶心。我并不要求谁来给我颁发一张荣誉证书。我的要求是，如果有人要在政治上孤立我，就要给出政治上的解释。每次来到这个房间，我都无法摆脱一种感觉，那就是这里的一些人对第三人、第四人、第五人或第六人有所隐瞒，而不仅仅只针对我。党小组必须绝对开放。目前这里只有一个人没有欺瞒我，那就是我自己。

某天晚上，终于轮到她朗读她的《西西弗斯》手稿中的几页。身穿黄色西装外套的男人 Sch——她至今仍这么叫他——批评这本书是以小资产阶级的主角为中心的。不正是这种小资产阶级的优柔寡断导致了六月起义的失败吗？难道她是想把自己与之等同起来吗？进步性体现在何处？这个圈子里唯一年龄稍长的女人 O 同志用沙哑的声音反驳道，只要认识到真理就是进步，这位年轻的写作者就是这样做的。在踏上新的道路之前，难道不应该对旧道路上的问题有一个深刻的认识吗？脸色苍白、留着小胡子的 K 用某种尖酸的语气回应道：你当然可以投入大量精力去尝试理解一切，但若不是有人想到了一刀斩断这个戈耳狄俄斯之结*，你到今天都还拖着它。诗人 J 的毛衣上粘着猫毛，牙齿因吸烟而变成褐色，他说他喜欢的正是她讲故事的缓慢节奏和回环往复，它们反映了主人公的停滞状态。完全正确，H 说，这个故事终究还是要通过语言来讲述，而不仅仅是通过情节，如果他们这些革命作家真的想要创造一个新的亚当，他们唯一可以使用的黏土就是语言！他的一缕头发垂在脸上，但他甚至都没有注意到。T 同志随即提高嗓门说——在这个小聚会上，其实没有必要这样大声——如果读者在阅读过程中留意这些写作技巧，专注于对写作本身进行思考，那么文本就失去了用以超越自身的全部力量，她觉得这样太可惜了。倒不是可惜，脸色苍白、留着小胡子的 K 补充说，但可能很危险，因为一个人在享受

---

* 比喻使用非常规手段，解决不可解决的问题。

某件事的时候会停留在原地,不再进步。难道说她一直是在深渊边缘写作,而现在及时找到了将她拉回来的朋友吗?她在孤立无援中默默写下的文字,现在通过这些批评与认可,难道已经变成了另一种东西,会将她与这些友人更亲密地联结起来,比十八岁的亲吻还要亲密?T同志的话刺痛了她,但H这回甚至没有顾上甩头发,他的话产生的幸福感让她有点晕眩,一直流淌到指尖,但无论是T还是H,都没有对她的所想所问漠不关心。冷漠在这个圈子里是不存在的,因为在这里每个词都至关重要。十八岁的年纪还不够。

加入共产党后,她将自己投入到这种生活的中心,她现在属于这样一群人,他们的灵魂和肉体在经历了几世纪的倦怠之后终于回归自身,并开始向前追逐,对于个体来说,当下的时代太大、太快了,但如果戮力同心,他们在全速疾驰中也能够在时代的高峰上站稳脚跟。在履历中,这一切都总结为一句话:1920年我加入了奥地利共产党,介绍人是共产主义运动的思想先驱G同志,以及U同志,当时她是维也纳马加雷滕区支部书记。

她必须交代介绍人,尽管 U 此后被开除了党籍,还被苏维埃法院在缺席审判中以叛国罪判处死刑,现在流亡在巴黎。换句话说,在她年轻时,这位左派份子为她做了担保。难道她现在会被钉死在自己的青年时代,年轻本身会成为她受责难的理由吗?

在她第一次写履历的时候,U 这个名字还是值得一提的。当时她写道:1920 年我加入奥地利共产党时,贡献卓著的共产国际干部 U 同志和共产主义运动的思想先驱 G 同志是我的介绍人。

申请加入苏共时她写了第二份履历,只是简单地写道:共产主义运动的思想先驱 G 同志,以及 U 同志为我做了担保。

当时这位贡献卓著的共产国际同志已经有一段时间不参加任何共产国际会议,也不再担任任何职务了,有传言说她与杀害基洛夫[*]的凶手密谋,但没人知道具体是怎么回事。

现在,她在第三份履历中补充道:那时我受到

---

[*] 谢尔盖·米罗诺维奇·基洛夫(1886—1934),苏共早期领导人之一,于 1926 年至 1934 年任列宁格勒省省委第一书记,任期内在列宁格勒斯莫尔尼宫被暗杀。

了人民的敌人 U 的影响，虽然当时我并没有在讨论会上积极发言，但在我们小组讨论 1919 年六月起义的意义时，我确实像她一样，采取了支持的立场，这无意中促进了有损于奥地利共产党的派系的形成。

就这样，当下发生的运动也在动摇着过去。但是改变看待事物的视角，真的能改变事物本身吗？

她父亲在战争结束不久后去世，尽管他一直在战线的后方，但她依然坚信他死于战争，换句话说，常年在灾难性的环境中为养家糊口奔波劳碌让他深陷疲惫，这份疲惫就是他的死因。

父亲去世后的那个春天，她搬出了父母的公寓，母亲在楼梯间冲她身后大喊，说父亲说到底是受不了这么个费尽心机到处鬼混的大女儿。

妹妹当然不认为姐姐要对父亲的死负责，但她同样不认同姐姐所说的，死亡是父亲个人的屈服。这是他对时代的反抗，她对姐姐说，是他内心对生活里一切无法承受之事的反抗，换句话说，是他的力量和激进驱使他走向了死亡，而这两方面你都继承了，她说。

姐姐回答说，她没法相信撤退可以算作反抗。

但确实如此,妹妹说,真的如此!只有通过死亡,她们的父亲才终于回到1917年之后他真正想去的地方——去陪伴已故的皇帝,他用自己的方式宣布了这个时代的破产。

可惜时代对此并不在乎,姐姐说。

死亡也可以是一种罢工!

哦,姐姐说,我可不知道。

此时两个女孩已经走到大楼的门口,为了不遇上母亲,姐姐不愿意一起上楼。

父亲之死在她们每个人的生活里都有同样的分量,她自己,她的母亲,她的妹妹,但她们对这件事的描述却不尽相同,每个人都赋予它不同的原因和意义,就好像父亲之死只能用这样或那样的故事来谈论,犹如一块枯死的根,以这样或那样的形式与她们各自现在的生活连在一起。每个人都用不同的叫法给他的死亡命名,也许这样可以帮到她们,如果不是帮她们彻底忘记的话,至少可以帮她们掩盖隐藏在后面的事实,以防那个虎视眈眈的血盆大口引诱活人进入冥府。

然而,医生们按照职业要求,尽量客观地在

死亡登记册上记下了父亲之死的科学解释：心肌衰弱。

第一次读到《共产党宣言》的时候，她不禁想到了这件事，那时她开始希望，也有一个医生可以治疗全人类所患的重病。

她去公共厨房的茶炊接点热水来泡茶，在离她很远的地方，位于北纬45.61404度、东经70.75195度的一小片草原上吹起一阵风。风卷起挂在草叶间的一些沙粒，带走了落在草丛旁的另一些沙粒。那里好几个星期都没有下过雨。一只不知从何而来也不知要去何方的甲虫爬上一片草叶来消磨时间，到达顶部后，又掉转身，头朝下继续爬行。甲虫刚才到达顶端时，草叶在它的重量之下略微弯曲，形成几乎无法察觉的弧度，甲虫并不很重，但它仍然有分量。现在，八只脚的游客又回到地面，在这草丛中的其他茎秆中继续费力地穿行，茎秆又竖起来，在静止的空气中时不时微微颤抖着，人们称这宁静的空气为风息。

回房间的路上她在想，犹太人决定永不称呼上帝之名是有道理的。列宁写过，玻璃杯毫无疑问是由玻璃制成的圆柱体，但不仅如此，它还是喝水的容器，同样，它不仅是可以用来投掷的重物，也可以用作镇纸，或是用来容纳一只扑到的蝴蝶。列宁读过黑格尔，而黑格尔也说过，真理是全体。往常她总是和丈夫喝茶到深夜。现在她一个人坐在那儿。把列宁的《哲学笔记》放在书架上是不是个错误？列宁也属于被排斥的那类人了吗？可能在她去接热水时他还是一位经典作家，但当她端着杯子回来时，他已经是罪犯了？他就躺在涅瓦河的对岸，在他的水晶棺里，如果他在里面翻身，所有人都会看到。

那是早春的一个周末，大概是复活节前后。柏林市郊的一片湖。

真可恶，必须要阻止他，这样一个饭桶。

当时我们想划皮划艇过去。

那是他咎由自取。

我还记得那天天气不好。

显然没什么才能。

看起来仿佛冬天再次来临。

我们确实想过，他是走的哪条弯路，到了这

个地步，堕落成这样一个可疑的作家。然后我们说：何必跟那样的垃圾扯上关系。

昨晚还下了雪，雨夹雪。湖面上漂着薄薄的浮冰，但我们的船头轻轻一碰就碎了。

少数同志认为他有天赋。

那天晚上告别之前，他为我们读了他最新写的故事。

天赋，这可是个弹性概念。

第二天我们就分道扬镳了。

如果他被当作劣质作家从组织里除名，我们就不能继续用"有天赋的人"这个称呼了。

我们的朋友兴高采烈地匆匆离开了。一周后，他出发前往莫斯科。

只有一个人小声说他同意我的看法，那就是他。亲爱的同志，我说，如果您也这样想，那就站起来大声把它说出来。他回答说他会这样做的，但不久后他就消失了。

他只停下来一次，转身向我们挥手。

他做的事太无耻了。

他的样子总是出现在我眼前。

他想要挑唆我。

他那矮胖而敦实的形象。

这本书就是垃圾。

剪短了的板寸头。

梦想成为作家,来得正是时候。

那双清醒的眼睛。

从文学中驱逐出去。

……此刻充满了欣喜的期待。

此事涉及莫斯科可能存在的一个团体,头目就是一个不折不扣的傻瓜,也就是他,现在已经被处理。

3

她和她丈夫刚搬到苏联的时候,丈夫的一位好友,也就是剧院导演N,为他们写了一封介绍信给政治保卫局局长雅戈达。她丈夫不想用这封信,她说为什么不呢,他说:任人唯亲就不是社会主义,他把几缕头发从脸上拨开,她说,那不是任人唯亲,只是同志间的帮忙。如果我们工作做得好,就不需要谁来帮忙,她丈夫说完,把信撕碎,扔进了废纸篓。与此同时,雅戈达被解除职务、拘捕,并在最近举行的第三次公审中被控告,判处死刑,处决。雅戈达的继任者,也许此刻正走上楼梯?她丈夫真的撕毁了那封介绍信吗,还是就像在他被捕后的那些晚上她有时想象到的、梦到的又或是记起的那样:她从废纸篓里找回纸片,把它们粘在一起,然后把信放回了抽屉?于是介绍信就会被发现,于是就有了逮捕她的理由?在被逮捕前,她无论如何要写完自己的履历。假设真的有人找到了或是将要找到这封信,将它用作对她和她丈夫不利的证据,那么履历就可以与推荐信抗争:纸和纸之间的对抗。

她把滚轮移到打字机的侧边,向上滚动了八行,不停地敲击"X"键,直到她刚写的那一段变得无法辨认。然后她继续写。

活跃在。

战斗中。

去往。

投身于。

他,他和她。

希特勒赢得选举显然意味着德国工人阶级的失

败，然而真的能像她丈夫当时那样，称其为德国共产党的失败吗？

穿黄色西装的男人 Sch 现在是共产国际代表，他当时这样回答她的丈夫：如果社会民主党人没有与共产党人划清界限，而是与共产党团结在一起，形成反对纳粹的统一战线，支持希特勒的人就不会占多数。

在争取工人上面，我们并没有输给社民党，而是输给了法西斯，她丈夫说。但这是为什么呢？

说到底他是在向自己，而不是向共产国际代表发问，但因为这个提问，他受到了党内的严重处分，并被降级到了党的基层工作。

她丈夫以非法居留的身份在柏林待了一年，工作任务是收取党费，那个支部只有五位党员。

丈夫动身前往德国后不久，她和朋友 G 去结冰的新锡德尔湖上散步，她问，会不会是马克思弄错了，也就是说，随着资本主义的滋长，并非是小资产阶级下滑为无产阶级，而是无产阶级向上流动，成了小资产阶级，并以他们小资产阶级的新身份给希特勒投了票。

这样说的话，工人阶级的位置又在哪里呢？

马克思没有弄错，她的朋友 G 说。工人阶级确实选择了希特勒，然而 H 关于共产党失败的说法是错误的。

但希特勒正带领工人进入下一场为捍卫大资本利益而进行的战争，让他们被屠杀！人们不是一直说：选择了希特勒，就选择了战争？

G 说，这场战争结果越糟，对我们就越有利。群众就会远离他而投向我们的怀抱，他犯下的罪行还完全不够大。

她垂下目光，细想这句话，她看着冰面上那薄薄的一层雪，心想这片湖里的水究竟有多深。湖很大，但夏天游泳时没有哪一处的水会没过人的脖子。

直到 1934 年，她才在布拉格再次见到了丈夫，两人从那里申请入境苏联。抵达莫斯科后不久，他们听到了季米特洛夫在共产国际七大上的讲话。他在讲话中说了和丈夫两年前说过的同样的话：

如果共产党人没有与社民党人划清界限，而是与社民党团结在一起，形成反对纳粹的统一战线，支持希特勒的人不会占多数。

但是，正确的事情只有在党说出来和写下来的情况下才是正确的，这就是党存在的目的：集众人的智慧，而不是一个人的智慧。一个人可能会失去理智，但整个党不会。

共产党和社民党没有联手对抗希特勒，而是共同犯了错，他们对时局做出了两个仔细区分但同样错误的判断，据此又做了两个仔细区分但同样错误的决定。社民党将共产党描述为激进分子、恐怖分子和颠覆者，共产党则谴责社民党为屠杀工人的凶手、大资本和法西斯的奴隶。一旦贴上这样或那样的标签，结盟就再无可能。每个词都至关重要吗？

一句话与另一句话间隔的两年间，她的朋友 G 在德国开展地下工作时被捕，并在勃兰登堡监狱被枪毙，而她可爱的朋友 Z 则身陷囹圄。至于那个外套上粘着猫毛，牙齿因吸烟而变成褐色的诗人 J，她只知道他已转入地下，但再也没有他的消息。

当然，与谁结盟，在何时以及以何种代价结盟，必须时时刻刻重新决策。在开始与敌人作战之前，必须了解敌人是谁。但谁又能提前知道呢？

G早已埋葬在勃兰登堡的沙地里,他的眼睛永远闭上了,纳粹以叛国罪判处他死刑并处决。如果他还活着,他的叛国罪在莫斯科这里无疑也会成立,因为他与后来的托派分子A直到最后都保持着密切的友谊。这份友谊在当时还不是犯罪,只是有些难以理解:也许是一个错误,一种顽固不化,一种短视的固执,但也许还是——谁知道呢——共产主义运动的思想先驱G经过精心战略考量的结果。既然希特勒已入穷巷,派系的形成被证实为全面崩溃的一部分,这份友谊也一定会演变成不可饶恕的罪责。但法西斯于1934年在勃兰登堡监狱以叛国罪处决了G,由此,他的名声将留在同志们的记忆中。死亡是不朽的开始。与此同时,名人堂的大门已被封死,彼岸只不过是战线之间一望无际的沙带,一片无人区,过去几个月失踪的所有人都在这里,如今其中还包括她的丈夫,无论是死是活,都将被迫用受伤的双脚继续走下去,永远走下去。

她第一次参加维也纳马加雷滕区支部会议时也认识了后来所谓的托派A,1926年他被开除党籍后还遇到过几次。最后一次是在布拉格，就在她动身前往莫斯科不久前。这位胖胖的同志参加奥地利侨民会议时迟到了，坐在了仅剩的一把空椅子上，就在她旁边，然后他整个晚上都沉默地抽烟，只有一次悄声问她，他们共同的朋友 G 怎么样了。不久前被派往了柏林，她回答说，更多的就不知道了。明白了，这位所谓的托派说。他的香烟烟雾在他头顶盘旋，浓重而静滞，有那么一瞬间，这气味让她想起了那个已经潜入地下的诗人 J。大家在门口道别的时候，她突然拥抱了 A，此外没有哪位同志哪怕和他握握手，但在她看来，他会回应这个拥抱更多是出于疲惫而不是友谊。

1934 年 11 月我犯了一个严重错误。我在布拉格参加了托派分子 A 也出席的奥地利舒茨同盟*支持者的聚会，却没有向党组织汇报。我因此受到党领导层的严厉批评，但在我就缺乏警惕性而向 Sch 同志和 K 同志进行诚恳的自我检讨后，批评从我的档案中删除了。

---

* 1923 至 1924 年的奥地利社会民主工人党（SDAP）的准军事组织。

指明一个已经认识到的错误，夺走多年后它可能摧毁你的那股力量，是不是更好？这个错误用以攻击你的力量是否从根本上反映了你犯错时所怀揣的信念——换句话说，你并不知道自己在何时又是如何造成了自己的失败？

她到底要不要提及她的自我批评被组织接受了？也就是那份已被删除的批评？还是删除了就算了？肯定有什么文件提到过这件事，比如其他人的报告，某人的履历或者检讨。她是否应该干脆不提那些已经被删除了的事，正因为它们已被删除？但这可能会被解读为恶意隐瞒。她应该把这件事当作已被删掉的东西放到亮光下，但这样它就并没有被删除，不是吗？这是个有关诚实的问题，这种诚实让每个人赤身裸体地躺在另一个人面前。但这另一个人会是谁？我们能够暴露的最深一层又是什么？坦白交代是否意味着连骨头上的肉都要刮掉？

然后呢，骨头又是什么？

二十年代初期，他们在晚间聚会上研究货币的运转，它的奔流骚动，它在人身上获得的专断权力。

通货膨胀如今比大肠杆菌更能摧毁一个人，G说。

十五年后的现在，某种东西奔流骚动着，获得了掌控人类的权力，这是她的朋友、她的丈夫和她自己都无法命名的东西。文字本身就是真实，真实得就像一袋面粉、一双鞋或一群被激起反抗的人，这样的时代，难道这么快就过去了？取而代之的是一个只由词语组成的现实？哪双眼睛会将她此刻书写的字母拼成词语，将词语连成意义？哪句话将被称作她的过错，或是她的清白？每个词都至关重要吗？骨头是什么？

自从丈夫被捕后，她第一次感到自己在这里是个异乡人，尽管她和丈夫1935年才第一次踏上这片土地，可他们当初来到这里的确像是回到了家乡。回到了属于他们的未来。我们的地铁，她和丈夫第一次看到新开通的地铁站时说，我们的第一食品商店，当他们第一次去这个巨大的食品店购物时说，那里有三十六种奶酪，那些在维也纳和布拉格几乎被遗忘了名字的食物，这里应有尽有，女售货员戴着白色的小帽，她们不用手去碰奶酪、肉、香肠、面包或蔬菜，而只用叉子，还要戴上橡胶手套。严禁触摸商品。当然，在一些老式的小商店里，面粉会放在店家自己用报纸折成的小袋子里出售,那个不讲究卫生的年代的习俗或多或少仍然存在,但在现代社会的光芒中它们毫无疑问会很快消失。有一次,她甚至给母亲寄了一个包裹,里面有奶酪、鹅油、鱼子酱、香肠和糖果。母亲该看看,她这个不成器的女儿选择了一条对的路。在苏联蓬勃发展的东西,也在她自己的生活中蓬勃发展。母亲在信中感谢她,询问她的近况。她能够很自豪地在回信中写道:很好。当一位母亲问"过得怎么样",女儿无论何时都不该给出其他回答。无论发生什么,很好将永远是她唯一的回答。当母亲问起,H是否也很好,她的丈夫很好,她写道,因为对于一个不明真相的人来说,一个人被捕抑或只是在很远的地方都没什么区别。当母亲问起她的住所和工作时,她还是写道,很好。这个很好背后的现实已经逐渐改变,但这对母亲没有任何影响。可惜的只是那位永远站在她这边的父亲,再也无法分享她的幸福时刻。

她有一位德国朋友的护照过期了,居留证无法延期。但他被特许去德国大使馆更新护照。特许他站在将他列入名单的法西斯分子面前,特许他自投罗网。不到两个月后,他死在魏玛郊外的一个集中营。他通过了考验。另一位同志去了德国大使馆,拿着新护照走了出来。他被内务人民委员会逮捕,并当作德国间谍枪杀。他没有通过考验。两个人都死了。

希特勒掌权后,我来到布拉格。不得不说,当时我极度沮丧。我还从来没有离开过德国的土地。背井离乡太难了。我知道我唯一的愿望就是尽快再回德国。我甚至考虑过乔装改名。那当然是个疯狂的想法。经过数夜的讨论,F同志说服我去莫斯科。但我觉得在这里写作很难。事实上,我们被德国拒之门外,也还没有在苏联扎根。

德奥合并后,她的护照也成了德国护照。三周前她的护照也到期了。办事窗口的苏联官员检查了她的文件三次,那扇小窗也在她面前关上三次。

没有有效的护照,她的居留许可就无法延期,拿不到居住证*,她就不能继续住在她的公寓里。门房

---

* Propiska,1930年代开始在前苏联使用的居住许可证件。Propiska制度禁止居民在没有许可证的情况下在任何地方居住超过数周。

让她在晚上没人看到的时候再进公寓,但这不是长久之计,之后房子就会分配给其他人。到时候她应该去哪儿?

写履历时,她留意着电梯的声音。电梯在凌晨四五点停在她楼层的那一天,一切就将结束。白天,她坐在红罂粟咖啡馆,把她喜欢的俄语诗歌翻译成德语。没有居住证,就拿不到工作许可证。丈夫留下的钱,就算省吃俭用,最多只够接下来两周的开销。然后呢?

晚上她没睡觉,继续写她用来申请苏联国籍的个人履历。如果这场考验根本没有正确答案怎么办?

会不会到最后只有一件事能确定:每一个在这里或者德国那边死去的同志,最终都达成了自己的目标,而每一个在这里或者德国那边幸存下来的人,都用背叛换来了自己的性命?

有时她会把父亲的眼镜从他鼻子上取下来擦干净。有时她和她的朋友会并排站着,比较她们的腿。有一回她躺在朋友的未婚夫身边哭了一整夜。她曾为 G 同志一口气切开了一整叠纸。在她第一次吻丈夫之前,她挽住他的头发将他拉向自己。她一直都是同一个人吗？在她一生中是否也有两个时刻能让她与自己比较？不是说全体是真理吗？一切皆背叛？这份履历的读者对她来说是个没有面孔的人，那她应该给对方看自己的哪副面孔？一面看不见的镜子会照出哪张看不见的脸？

<u>4</u>

我的丈夫于 1938 年 10 月 25 日被捕。

每当有同志谈恋爱，穿黄色西装外套的 Sch 同志就会轻蔑地说：他们在搞私有化。法国、英国和美国此时已承认希特勒政府。如果现在有人迷上了错误的思想，客观上他就站在了法西斯一边，不管他自己是否这么认为。在所有迹象都指向战争的时代，友谊、爱情和婚姻确实是件棘手的事。

今天我们知道，人民公敌披着政治敏感性的外衣诽谤正直的同志，导致他们被捕。我坚信我的丈夫 H 正是这样被污蔑的，他的清白将会被证明。

当她还是个孩子时，父亲有时会在很黑的地方冲她扮鬼脸。正因为她太爱他了，她从来不能完全确定她的父亲在这些时候还是她的父亲。她总觉得他随时有可能从她熟悉的那个人变成某种致命的东西，而后这种致命性会被证明是他真正的本性。这样一个瞬间的真相就能揭露他的整个人生都是伪装。

星期天她不是坐在教堂里吗，一个基督徒好女孩？而第二天，当她的犹太外祖母去纳旭市场买东西，也许就有人朝她吐口水。

当她因为欲望背叛了最好的朋友时，她责备自己是个两面三刀的混蛋。

总是有这些依赖，总是有这些恐惧，惧怕自己想要的太多，惧怕自己不够好，这恐惧导致了谎言、伪装和沉默。红头发，红头发，叮叮当，火烧韦灵，火烧奥塔克灵，总是惧怕付出太多或太少，犹太猪，总有阶梯把人与人隔开，低人一等，总有人把别人推下楼梯，有人跌倒，撞到了下一个人。他们这样的共产主义者，不正是一心要将坡度夷平，让每个人都能自由地站立而不摔倒，不去推人、撞人、被推、被撞，自由——并且免于恐惧？

没有谁的品格要比我丈夫的更廉洁和正直。我们在苏联的三年间，H一心一意为社会主义事业服务，对抗法西斯主义，协助党的工作。

是在渐渐爱上他之后，她才意识到自己有多么渴望被另一个人了解：一个完整独立的生命，同时又与另一个人融为一体。她心底里认定为罪孽的一切——她所犯下的、想象的、继承的和渴望的每一样罪过——她都告诉了他，而他全都付诸一笑，也把她的羞耻感和被勒索感一扫而空。爱意味着说出心中所想，而说出来意味着自由，她第一次不再害怕自己不够好。

列宁在党内奉行的批评与自我批评原则，不正是以同志间的平等互信为先决条件，也是以其为目标的吗？这不正是促成进步的原则吗？个人越是彻底地抛开自己的局限性，整体的凝聚力就越牢固。那么，她一直称为聪明朋友的G，为什么不牺牲他与A的友谊？

  我们在交流过程中将彼此认得很清。
  我的深刻认识是，我作为布尔什维克在这里所理解、所经历的，就是布尔什维克主义的力量，这种精神力量是如此强大，它迫使我们说出真理。

我们应该作为共产主义者展示我们的面孔，让全人类看到我们。

你可别说你没有工夫保持警惕，是因为你要给乡间别墅里的妻子搞钱。

如果我们成功地创造了一个干净的环境，我们就一定能够干净高效地开展工作。

直到最近，她还和丈夫一样认为，必须密切监督自己的队伍以保持核心稳定。她躺在沙发上，他坐在扶手椅里，拿着厚厚一本书为她朗读，里面是最新的庭审报告。拉德克、季诺维也夫、加米涅夫，他们都是最早一批革命者，迄今为止都是列宁久经考验的战友，继他们之后，布哈林也公开认罪，承认犯有谋反和叛国罪，他被判处死刑并执行枪决。他在最后陈词中说：当你问自己，如果不得不死，你是为了什么而死？一片漆黑的虚空突然出现在你面前，清晰得令人震惊。如果你想死得毫无悔过之心，那就没有什么值得你赴死。就这样，他用这个机会最后一次表明他对苏联的忠诚。

她和丈夫刚到莫斯科就见过布哈林本人。就在他们抵达的当天，他给这些刚刚从开展地下工作的国家来到这里的德奥同志们下榻的酒店打了电话，还把面包和培根送到他们每个人的房间。

她还有机会去描绘厚书翻页时发出的声音吗？翻过一页又一页，她在丈夫的声音中听到这些鲜活的生命变成了鬼魂。

现在只剩下她一个了，她这才开始问自己，是否真的有必要彻底消除脆弱的或者有边缘化倾向的一切。她向来擅长数学的妹妹可能会说，球体的核心，本质上是一个点，但它的大小在负轴上趋于无穷。核心是什么？一种思想还是一个人？或者全然非人的、纯粹的对于更美好世界的信念？如果有一天一个脑袋都没有了，这份信念该落到谁头上呢？两年前她想，个体可能昏头，但整个政党不会。现在看起来，所有个体的大脑好像确实有可能失去，好像一个旋转的球体正在让所有的点远离自己，它越转越小，只为了确保自己的中心。

在负轴上趋于无穷。

在维也纳的时候，有一篇戏剧评论写道：他不是在扮演奥赛罗——他就是奥赛罗，她丈夫觉得很可笑，他用过时一词来形容这种对于完美幻象的狂热。他把演员和面具的完美融合解读为资产阶级骗术的顶峰，而如今，在这"未来之国"——在这里，我为人人的劳动再也不存在欺骗，个体的收益造福所有人，任何利己主义和阴谋诡计会从根源上被消除——他自己不也被批判为两面派了吗？难道他们在逃避追捕的过程中改名换姓太过频繁，以至于自己的同志都想不起名字背后的人是谁？不然现在怎么会有这么多关于乔装改扮和假面的说法呢？还是说他们在与敌人斗争时，自己不知不觉间早就变成了敌人？从他们身上滋生出来的新东西，会不会对他们怀有敌意？他们在自我发展的过程中难道已经转换了立场，而自己根本没有意识到？

每个具有辩证思维能力的人都有很多想法。问题只在于我说出了哪个想法。人当然是生来有罪的。但人本无辜这种想法也会冒出来。我无法通过一再提到年轻诗人 D 来摆脱这种矛盾，他是无辜的。这件事归结起来永远是：一方面 D 是无辜的，另一方面逮捕是随机发生的。这个人是无辜的，我亲眼看到他是无辜的，我试图帮着去证明这件事，可后来他被捕了，这意味着逮捕是在任何情况下都可能发生的事。但逮捕又从来不是随机发生的，由此可以证明此人并不无辜。所以，在这件事情上我承认您是对的，即便您说得并不对。

在北纬 45.61404 度、东经 70.751954 度这片草地上，一年只有三个月没有霜冻。再过几周，野草就会褪去它现在呈现的绿色，变成棕色，当风把一根草茎吹向另一根时，它会发出微弱的沙沙声。初雪落下前，微小的冰晶覆盖在叶片上，草原表面的小石头也无一例外被白霜覆盖，冻结在一起。一旦霜冻开始，风再也无法将它们吹散。

被捕前的那个周末，她丈夫去参加了一次会议，回来后他对会上讨论的事只字未提，这不是他的风格。天快亮时他才到家，没有像以前那样咧嘴笑着驱散她的忧惧，也没有把头发甩到后面。他像这样缄默不语，她之前只见过一次，那是两年前，他得知自己加入苏共的申请已获批准，而她的却没有。

现在丈夫已经被带走了，她知道，她在这里写下她的生平，不仅是在赌自己的命，还有他的命，不仅是在赌自己的死,还有他的死。或者她是在与死亡对抗?还是说所有这些赞成与反对都没有任何区别?她知道,她写下或没写的每一个字都是在赌朋友们的命,就像反过来,如果朋友们被要求交代一些事情,他们也不得不去赌她的命。共产主义运动的思想先驱 G,直到最后都拒绝放弃与托派分子 A 的友谊。

据我了解的情况,H 同志和他的妻子 H 同志一起在莫斯科生活大约三年了。他很早就认识她,但三年前才结的婚。关于妻子的早年生活,H 同志是向其他同志询问得知的,还是她亲口告诉他的?

你们当中很多人都知道,我的妻子 H 同志自 1920 年以来一直是奥地利共产党党员。

她出发去莫斯科之前,在布拉格与托派分子 A 有联系。

对此我无法作出回应,当时我还在柏林。

我们不仅有权利,更有义务交代我们所知道的一切。

A 是在后来的工作中才发展为托派分子的。我可以保证,女同志 H 并不认同他,她尤其坚决反对他对苏联的评价。

在我看来,她与 A 的关系比单纯的友谊要更亲密。无论如何,根据 Sch 同志的报告,他们两人当晚告别时拥抱了。

我无法对此作出回应。

回答这个问题:在她身上可以察觉到半托派、托派或者其他反对派的倾向吗?

没有,当时没有。

当时没有是什么意思?实话说吧,我并没有感受到这份证词的坦诚。这背后隐瞒了什么?为什么 H 同志在这件事上没有提到他的妻子 H 同志?为什么被追问之后才肯交代?

就党内来说,她跟任何一个反动派都不可能沾边。

我希望我们所有的同志都明白,在目前的紧张形势下,我们必须竭尽全力。我们必须一波又一波地把那些一直折磨我们在德国的同志并且在我们中间安插间谍的无赖彻底消灭。要是像 A 这样的恶棍和反革命分子哪一天用枪指着斯大林同志,那该怎么办?同志们,这涉及一个问题:要和平,还是战争?

有几个夏天,朋友 O 和他们一起住在乡间别墅,通常会一直待到九月,O 对她来说就像是母亲的角色。假如 O 被审讯,她会保持沉默,还是承认他们都对被捕的年轻诗人 D 所犯的罪行表示过怀疑?作家 V 最近因参与托派活动被枪决,他的妻子现在靠做裁缝过活,有一次来过她家里试衣服,这位妻子会不会趁她去厕所的时候,翻看了她的文件?还有 R,她和丈夫刚到莫斯科时曾与他进行了多次关于文学的精彩谈话,这个人为什么恰巧在丈夫被捕一周前被派往伏尔加德意志人共和国[*]?七月份她为《德国中央报》写过一篇书评,批评小胡子 K 的一本书,文章最后一句话被人删除了,这样一来就完全颠倒了她对这本书的态度。到底是谁删除的?这是她的幸运还是不幸?刚来的那几年常常聚在一起打牌的朋友,她好久没有见到了,文学工作组也在两年前解散。就连德国党员同志的集会也不再举行。她的朋友 C,过去常常在她面前哭诉无法生育,但上次经

---

[*] 全称"伏尔加德意志人苏维埃社会主义自治共和国",前苏联境内曾经存在的一个自治共和国(1924—1941),首府是恩格斯城。

过红罂粟咖啡馆外,看到她——被捕的 H 的妻子——坐在窗前,甚至没有打招呼。

她自己呢?

丈夫被捕前写的最后一出戏在排练时,八名演员中有五名在几天之内被捕,之后排练取消,什么时候恢复要等通知。昨天在咖啡馆,其中一位演员的妻子 Fr 走到她面前,牵着她九岁的儿子萨沙的手,恳求她让她和儿子留宿一晚,就一晚。我不能,她这样回答女人。女人没有再说什么,拉着孩子的手转身走了出去。我不能。就在几周前,她的丈夫还在排练间隙为萨沙折纸飞机。自从她读到诗人马雅可夫斯基那句:十八岁的年纪还不够,时间仿佛已过去了不可想象之久。

在与法西斯的专制和对人性的蔑视进行斗争时,他们所有人都冒着生命危险,与堪称死亡本身的法西斯主义缠斗,许多人成了牺牲品。作为对立面,年轻美丽的苏联就是"生命"本身——正如她一直以来所相信的那样——那么在这里,就不能再用死亡作为货币了。反抗专制的人们,哪怕只有一个在这里因为专制被夺去了性命,那么他的死在最深的意义上就是徒劳无益的,这里剩下的任何东西再也配不上生命这个名字,不管它从外表看起来有多逼真。

但如果在未来之国中,死亡仍然被当作货币去偿还你毫不知情的债务——换句话说,如果在这里,以贸易、商业和欺骗为名的人与人之间的分裂都无法消除;如果在这里,人性依然被同样的两面性所诅咒,无法逾越,就像在旧世界进行的那些交易一样——那么这场交易早已与她无关,她所有的同志们,包括她和她的丈夫,早已被出卖和背叛,如今只是在为那个他们不认识的卖家抬高身价,一个由他们自己组成的价格,不是一倍、两倍或是三倍,而是十倍、百倍乃至千倍。

真的走到这个境地了吗:只能寄希望于那些抓走她丈夫的保密局官员(甚至可能牵连到高层)不过是叛徒,是披着政治警惕性外衣的人民公敌,是希特勒的人?因为不仅是她丈夫,她听说过的所有被捕的同志都是她多年来熟悉的。她现在几乎可以肯定:只有希特勒在此地被当作主要的对手,反法西斯主义者对更美好世界的憧憬才有可能在他们经受的折磨和死亡之中幸存下来。或者,也许是那个人伪装成了希特勒,而希特勒又伪装成了他,双重面具,双重面纱,真正的两面派——他本人成了自己的特工,因为他对一个更美好的世界感到恐惧,因为害怕在那里便会永远失去对一个更美好世界的憧憬,害怕一切停滞,为此他正试图扼杀共产主义运动,让它重新变回一种希望?又或者,也许他们所有人正在做一场永远不会醒来的噩梦,在这场噩梦中,好父亲正拿着匕首潜入他的孩子们的卧室。

> 我们的土地,繁花似锦,
> 听啊,亲爱的,听啊,
> 赐予我们的是永恒的时间。
> 听啊,亲爱的,听啊。

> 孩子,你的家园有人好好守护,
> 睡吧,我的天使,好好睡吧。
> 红军战时在外把守。
> 睡吧,亲爱的,好好睡吧。

5

她起身想再去公共厨房的茶炊接热水来泡茶，在走廊里遇到了印度同志 Al。他跟她打了招呼，但没有要聊几句的意思。他肯定也听说了她丈夫被捕的事。上个月他刚到莫斯科，她和丈夫边做饭边和他聊天，刚开始他靠着餐桌站着，后来坐到了桌子边上，腿晃来晃去，最后他一边说个不停一边把两条腿往上抬，好似一个活灵活现的佛陀，盘腿坐到破旧的桌面上。沙皇时期的俄国人肯定在上面做过俄式饺子，后来中国同志把煮得半熟的鸭蛋放到草灰里腌制咸鸭蛋，法国人把肉浸在大蒜和油调制的腌料里。而两年前，她本人在这张桌子上为前来参加共产国际七大的丹麦、波兰和美国朋友制作维也纳苹果卷。这场大会就像一场盛大的交欢，所有人都融入了彼此，在这场为了人类最终觉醒的共同抗争中连成一体。大会闭幕后，她和丈夫晚上常常躺在床上继续讨论新的世界秩序应该是什么样子，或者到那时是否还存在所谓秩序，应该用什么新的纽带来取代旧的桎梏。

然后 L 冲了进来，朝我大喊大叫。我对他说，闭上你的嘴。然后他把我推到一边，还抓住了我的衣襟。

M 说我抓了他的衣襟。大家都知道事实不是这样的。我还从来没有抓过任何人的衣襟，我不记得有过。

当时有八位同志在场。我对 L 说，别碰我。L 也喊，别碰我。于是我又说了一遍，拿开你的爪子。

M 同志突然说，拿开你的臭爪子。

随后 L 说，你会后悔的，我要去党支部揭发你！

然后 M 喊道：说不定他们会刷掉你臭爪子上的罪过！

L 同志的声音很洪亮，他大吼起来：你等着，看我怎么收拾你这种人！

荒谬！

她再次踏进了空荡荡的房间，她与丈夫共同生活了三年的房间，墙上还挂着他们第一次来苏联度假时买下的绣着太阳的黄色壁毯。她每天天没亮就离开家，在卢比扬卡广场 14 号的秘密警察总部前面排队询问她丈夫的情况，之后再去布提尔卡监狱。

这两个地方的办事窗口都在她面前关上了。她给皮克、迪米特洛夫、乌布利希和布雷德尔都写了信，但没有人能够或愿意提供任何信息，比如她丈夫是否会回来，他的被捕是不是个错误，会不会对他进行审判，他们是打算把他流放，还是枪决。还是说，他已经被枪决了。她忽然想起了那天晚上，她朋友的爱人坐在她身旁，眼泪静静地滴在脚边。直到现在，她对生活的了解才像当时的他一样多。最亲密的人被逮捕了，她自己的生活也跟着变得无法接近。

我恳求您接受我加入苏维埃共和国联盟的申请，请您给我机会证明我是一名苏联人。

6

日出前不久，将近凌晨四点，电梯停在了她那层楼，但她没有听到，她已经趴在书桌的稿纸上睡着了。执法人员进入房间逮捕她时，她的额头正压在警惕性这个词上。她忘了带走门边早已准备好的深蓝色小箱子。大楼重回平静后，箱子还在门边。里面有一张戴着宽檐帽的年轻女子的照片，背面是一家位于维也纳兰德大街的照相馆的印戳。此外还有一本写满字的笔记本、几封信、一本奥地利护照、一页肮脏的红色传单、奥地利共产党的党员证，一份《施蒂利亚地震》的手抄摘录，一份用纸包着的打字稿，一张记着哈拉面包制作方法的纸条，最下面是一条粉色绸布缝成的邋遢破烂的玩偶裙子。

现在她终于知道她总听到的那个声音是谁了，她在摄氏零下63度再次遇到了他们。没有形体却身处在这样的极寒里是多么舒适。到了夜间，在这个比世界尽头还要遥远的地方，矿石会与矿渣分离，一切没有意义的东西都要被焚烧，燃起熊熊大火，比圣史蒂芬教堂还要高。斑斓绚丽的岩层像地平线一样明亮，这一片光之喷泉，比她从前见过的任何东西都更美。在这荒无人烟的地方，将矿渣燃烧殆尽是何其辉煌，它的美无与伦比。

白天，活着的人要采挖富含矿石的黏土，用翻斗车把它们运走，到了晚上就点燃大火。在这些火焰中，所有死者生前说过的所有句子被烧成灰烬。出于恐惧、出于信念、出于愤怒、出于冷漠、出于爱而说出的句子。你为什么在这儿，她问那个曾说过这句话的人：我们在交流过程中将彼此看得很清。

我当时口渴了，他说，就喝了没有烧开的水，死于斑疹伤寒。你呢？她问另一个人，她知道有人一度称他为劣质作家。我冻死了。你呢？要是有人看到我们怎么办？我是饿死的。一句话飞上天空，它不会比曾经说过它的人更重或更轻。你呢？我疯了，直到死后才清醒，他说完大笑起来，在草原上方约二百五十米的高空，他的笑声干涩地连成一片。另一团空气说，我只记得我靠在什么地方，我当时太虚弱，走不动了，有人从我身边经过，看着我的眼睛，那时我还有眼睛。我很高兴，她听到一个女人的声音在说——她听到了，但不是用耳朵听的，正如她看到了，但不是用眼睛看的——我很高兴，她听到那个声音说，没了眼睛我终于不用再流泪，我被捕时，孩子和我脱离了关系，说我是人民公敌，于是我撕破了衬衫，拧成绳索，在门闩上上吊了。

我们在交流过程中将彼此看得很清。

或许应该研究一下灵魂这样到处漂浮所产生的气流强度。也许有一天在这里，在这片荒原的中央也会有鲜花盛开，甚至开出郁金香来，也许有一天，在摄氏零下63度也会有无数蝴蝶存在，就像今天这里没有任何蝴蝶一样真实。现在，她和其他所有死去的人一样，拥有世界上全部的时间来等待其他时间的到来。而那些还活着的人除了碰巧拥有一具身体，并没有其他时间可以支配，他们和死者一起，在这漫漫长夜里能看到的唯一色彩，就是这些火焰。

7

去年夏天她还活着的时候，她和几个女人不得不在集中营外挖了几条大沟，这样即便冬日来临，地面结冰，她们还有一块地方可以下葬。她和她的朋友、她的敌人，还有那些对她们漠不关心的人，一起挖墓坑备用。

在第四十一个夏天的某一天，她用鹤嘴锄凿进地面某个特定的地方，开始挖掘自己的坟墓，当然，她并不知道无垠大地表面的这个坐标就此被确定下来，将是她度过永恒冬天的居所。人们会把这个无名之地称作北纬45.61404、东经70.75195度，在某个摄氏40度的夏日，她把她的镐头扎进干燥的砂石，让杂草、小昆虫和尘土四处飞扬，这片土地已经完全干涸。

万军之主，你的居所何等可爱。

在第四十一个冬天的某个晚上,所有人都睡着,值班的女人从一个熟睡的女人温热的腿下拖出死者冰冷的右腿,这具没有生命的躯体被拖出营房,送到了死人的营地。笼罩在这片土地上的酷寒只需不到两天,就能将这样一具躯体连同所有覆盖在骨头上的肉冻成骨架。

许多年前有个人说了一个词,另一个人说了另一个词,词语搅动了空气,词语用墨水写到纸上,装订成册。空气与空气抵消,墨水与墨水抵消。可惜没有人能看到空气的词语和墨水的词语转化为真实之物所跨越的边界——和一袋面粉、一群起而反抗的人一样真实,和四十一岁的 H 同志冻僵的骨头在冬天滑进墓坑时发出的声音一样真实,这个声音听起来就像有人把木制的多米诺牌放回盒子里。天气足够冷的时候,曾经有血有肉的东西发出的声音和木头一模一样。

间 奏

Ö同志在私底下,也就是和他妻子聊天时,常常把女同志H称作薄嘴皮的疯女人,他把她的档案放在办公桌左边的一摞文件上,而没有放在右边。

他把左边的那一摞转交给B同志。

B同志打开文件时,想起几年前他曾到H和他妻子的乡间别墅拜访,他妻子烤了一只绝妙的苹果卷。但苹果卷不能成为宽恕反革命分子的理由。于是他将档案放在左边的一摞上,而没有放在右边。

他把左边的那一摞转交给S同志。

S同志问自己,女同志H如果被捕,她到底还算不算是同志?她有没有可能为了自保而说出一些对他不利的话?他有没有在什么时候对她说过可能令自己获罪的事?他记不起任何类似的事情,于是把她的档案放在他办公桌左边的那一摞上，而没有放在右边。

他把左边的那一摞转交给 L 同志。

L 同志读了附在女同志 H 档案中的个人履历，有一点很明确，那就是 H 被捕这件事和她丈夫有关。这个男 H 曾经在一次讨论中公开指责他，说他没种。于是他毫不犹豫地把这个他私下里从来不认识的女同志 H 的生平放回了她的档案，合上档案放在了办公桌左边的那一摞上，而没有放在右边。

他把左边那一摞转交给 F 同志。

F 同志和 H 同志很熟，也认识她已经被捕的丈夫。他完全不认为他们两人有可能是所谓的托派间谍。他办公桌右手边的那一摞里已经有五位好友的档案，他想为他们直接向斯大林说情。超过五个就完全没有意义了，这一点他很清楚。

他起身从架子上拿了一瓶伏特加。当他倒满一杯、一饮而尽时，他想起了在作家协会最近的那次座谈会上，他被称作一个无可救药的酒鬼。

他回到办公桌前，把 H 同志的档案放到左边。随后，他把左边一摞里的所有文件都转交给了他的苏联同志 Shu。

苏联同志 Shu，根据内务人民委员会第 00439 号、第 00485 号和其他与国家逮捕配额有关的命令，负责在这个月（也就是 1938 年 10 月）之内，各逮捕五十名德国人、波兰人、朝鲜人、希腊人和伊朗人。他按字母顺序组建这个逮捕名单，也就是说，每个国籍都从字母 A 开始。

伊朗的配额名单，他抓捕到字母 N。

希腊的名单到字母 S。

朝鲜的名单到字母 L。

波兰的名单到字母 D。

德国的名单到字母 F。

列名单时他犯了一个小错误，他把女同志 H 入境苏联时用的化名和她的真名混淆了。在她四年前来苏联时所用的假护照上，她的名字是丽莎·法伦瓦尔德，简写为 F。

然而她还是运气很好地排在了名单的最后，而不是像每个配额的前十名那样属于第一类。对第一类的判决是：枪毙。

但对于第二类，就是每个名单上其余的四十人，包括被错误地用了丽莎·法伦瓦尔德这个名字的 H，判决是：八到十年监禁。

但情况也可能完全不同。

然而 Ö 同志在私底下，也就是和他妻子聊天时，还是会把女同志 H 称作薄嘴皮的疯女人，无论如何仍然会将她的档案放在办公桌左边的那一摞文件上，而不是放在右边。并且他还是会把左边的那一摞转给 B 同志。

但是，如果 B 同志不仅记得女同志 H 做的绝妙的苹果卷，而且还想到了，万一她在可能进行的审讯中提到了他这位 B 同志，由于他拜访过他们的乡间别墅，所以肯定会把他当成他们的熟人，也许甚至是朋友，这样他可能会觉得还是把她的档案放在右边那一摞上更好。

但是，如果他没有想到这一点，那么 H 同志的档案就还是会留在左边的那一摞上，于是档案还是被转交给 S 同志，之后 S 同志可能会记起，去年三月他们在支部会议上对布哈林的判决进行表态，会后他跟 H 同志和他的妻子站在一起，还兴高采烈地讲了一个政治笑话。

三名囚犯坐在一间牢房里，他们正在聊天。

你为什么坐牢？

因为我支持布哈林。

你呢，是为什么？

因为我反对布哈林。

你呢？

我就是布哈林。

三个人一起笑了。但是，如果H同志——她究竟还算不算同志？——碰巧在审讯时想起他讲过这个笑话，那肯定会让他大难临头。于是S同志便会选择右边的那一摞，而不是左边的。

唯有当这个回忆没有出现在他脑海里的情况下，H的那份文件才会落在左边的那一摞上面，被转交给L同志。

L同志也许——谁知道呢——会在翻阅档案时突然问自己：H就是那个女人吧，每次开会，他经常从远处欣赏她那头漂亮的红发，但从来没人介绍给他认识。于是他会顺带问一问刚拿着新档案进来的秘书，问她知不知道这个H是什么样的，秘书会说：哦，那个红头发犹太人。接着，在秘书离开后，他会将H的履历放在右边那一摞上。

尽管她显然是那个曾经公开辱骂过他没种的H同志的妻子。

但据他所知，H已经被捕。

随后，在他继续整理档案之前，他会在某一刻试着想象，这个有着乳白色皮肤的红发犹太人，双腿间可能是什么模样，毛发也是红的，还是金色的？

但是，假设秘书在L同志手里拿着H档案的那一刻没有走进房间，那档案很大概率依旧会落在L同志左边那摞上，并转交给F同志。

F同志与H同志很熟，也认识她被捕的丈夫。他认为，他们两人完全不可能是所谓的托派间谍。他办公桌右手边的文件堆上已经有五位好友的档案，他会为他们直接向斯大林求情。超过五个就完全没意义了，这一点他很清楚。

也许他会起身从架子上拿一瓶伏特加。当他倒满一杯、一饮而尽时，他想起了在作家协会最近的那次座谈会上，他被称作一个无可救药的酒鬼。

也许他会回到办公桌前，再次查看朋友们的档案，最后从中取出其中一份放在另一摞上，也就是左边的那摞上，同时把H的文件放在右边。

不久之后，他只把左边一摞里的档案转给他的苏联同志Shu。

如果不是这样呢？如果他没有把H和他的五个

朋友中的一个调换,而是把她转交给 Shu 同志,会怎么样呢?

那么,Shu 同志仔细研究了 H 的档案后可能会看到,不,肯定会看到,丽莎·法伦瓦尔德,简称 F,实际上是 H 同志,因此她这天便不会被归到德国同志的配额中,无论是第一类还是第二类。

一周后,到了要逮捕 H 到 M 字母的时候,H 会破例在老朋友 O 家过夜。在实施逮捕的前一天她会在红罂粟咖啡馆偶遇 O,并向她诉说自己的孤独,这种孤独只能向这样一位相识多年的好友倾诉。

H 被捕后,我真是前所未有地孤单,她会对朋友说。于是,O 会挽起她的胳膊,带她走出咖啡馆,和她一起沿着阿尔巴特街散步,一直走到 O 的家所在的公寓楼。深夜,H 还会和她的朋友讲九岁的萨沙和纸飞机的事,接着开始哭泣。随后 O 会在她小房间凸窗的位置铺一张床,让她的朋友 H 留下过夜。

因此当轮到字母 H 时,内务人民委员会的执法人员去她家便会扑了个空,于是事情就这样结束了,因为接下来的一周就轮到了字母 N,比如诺伊维德纳,此时 H 同志的苏联国籍申请也被批准,于是她永远脱离了Shu同志的管辖。

到了1938年底,秘密警察首脑叶若夫被捕,按配额进行大清洗的时代也随之结束了,尽管许多被叶若夫逮捕的人再也没有出现。H同志本来还会写许多信,想打听出她丈夫处境如何,身在何方,但这些信没有一封会得到答复。她还会去办事窗口许多次,询问他的下落,还会很多次看到和听到一个又一个工作人员在她面前气急败坏地关上小窗。其他来问询的人运气更好,他们会在这些窗口前得知,她们的丈夫或儿子被关在另一所监狱,或者已经被流放,他们很可能会在流放之地饿死,也可能会冻死。于是她们开始叫喊或恳求,也有些人只是默默流泪,一言不发。

至于谋生,她不可能像被捕的V的妻子那样做裁缝;那次经历早就让她明白自己在这方面确实没有天赋,邋遢和破烂。她也不能申请去做莫斯科李卜克内西德语学校的老师,因为这个学校的几乎所有教员都被逮捕,在半年前就关闭了。在马恩研究院、莫斯科广播电台、出版德语书的苏联出版社,以及《德意志中央报》——所有人都知道她是被捕的 H 的妻子。

但她肯定不是妓女。

是吗？

两双鞋？一升奶油？十五个土豆和半磅黄油？

尊敬的季米特洛夫同志，请帮帮我。请您给我工作。不要让我堕落。

为了让这具身体活着，将身体和身体的开口一次出卖一个或半个小时，真的有那么糟糕吗？

她永远也不会知道，自己能在最后一刻成为《国际文学》杂志苏联诗歌的译者要感谢谁。

从一种语言翻译到另一种语言的时候，一首诗到底在什么地方？只有在这片文字无人区度过的几小时里，她才会偶尔想起除了自己所爱的男人和自己的不幸之外的其他事。

她会通过做翻译挣得填饱肚子的报酬；但无论如何德国人都会发动战争；而她的丈夫依然下落不明，有时她会去洗窗户以赚取一些额外的收入；德国人会不顾互不侵犯条约进攻苏联；而她的丈夫依然没有回家；他们会轰炸基辅；她会等着他，等着他，迪米特洛夫会提议，让她为地下电台"101 研究所"写稿子；莫斯科遭到空袭；她会为电台写作；莫斯科会使用木板和油漆做伪装，让德国飞行员认不出目标；她说德语；被木板盖上的莫斯科河不再像是一条河流，而外墙重新粉刷过的克里姆林宫就像是普通的公寓楼，金色的圆顶突然变成了绿色；晚上防空警报响了，她会躲到地铁站，一直等到1941年10月初，那时她会在广播电台遇到一个人，她读过他的诗并且很欣赏他。

很高兴认识您。

您俄语说得真好。

咳，这我真不知道。

真的很好。

一个苏联诗人，她发誓他几乎……她将身体……而他会……然后他们俩……然后，啊。就都交出去了，什么？所有的开口，总想着她丈夫。这当然不可能，绝不可能。所以在黎明时，在他还没有……这期间莫斯科一直遭到空袭，后来医生会说那是肾炎，然后她会撤离，从库尔斯克车站出发，四个手提箱，兵荒马乱，开往乌法的火车。直到到了那里，也就是到了乌法，她才会发现那不是肾炎，而是怀孕六个月。莫斯科守住了，苏联诗人此时已去了塔什干，是的，好吧，是个男孩，再也没有机会告诉那个诗人，再也没有给他写过信，再也没有见过他。O同志为孩子做了一个摇篮，她继续为广播节目撰稿，烧焦的土地，德国人的德语。再也没有机会告诉他，再也没有给他写过信，他再也没来过。她的丈夫H呢？用写作来抵御德国法西斯。不给敌人留下把柄，不高估个体的命运。给孩子哺乳一年半，其他人都在挨饿，永远失去了H？尽管如此仍然迎来了突破，卓越的成就，为正确的事业做出的牺牲越大，这个事业就越正确。哭喊着的婴儿，事实上原本应该是他的孩子——她和H的孩子。好文章，至关重要，反法西斯和反战，真是一则好广播，难道真的永远失去了她的H？给孩子找了一位俄罗斯保姆*。如何写进德国法西斯的内心。包围战，斯大林格勒守住了。如果进入其中，会在他们体内将他们的心转过来吗？这个三岁的孩子更多地是俄罗斯人而非德国人。战争终于结束了，她带着她的四个手提箱回到了莫斯科。她很可能已经永远失去了心爱的H，而遥远的诗人也许还在一如既往地用俄语写

---

* 原文为俄语。

间奏

诗。她的孩子会用俄语问，世界的尽头在哪里。同志们邀请她前往柏林，她也觉得，既已如此，有何不可？写给母亲的信，盖着疏散到东部的印戳，早就退回她手里，她在维也纳没有家人了，可能在任何地方都没有。很可能。于是她从白俄罗斯火车站出发，前往柏林。文化工作。重建。孩子还太小，无法向他解释他的父亲是谁，或者他真正的父亲是谁，这位父亲也离得太远，无法告诉他这个儿子究竟是怎么回事，而且除此之外，她从来没有写过任何信，一个字也没有。新的开始。废墟。从手提箱里拿出来的《西西弗斯》，最终被印刷出来了。

我想见我的朋友们！

到底谁是你的朋友？

狼、狐狸和鬼魂！

至少他还一直在塔什干，或是在别的什么地方？那位苏联诗人。再也没有任何关于 H 的消息。加入社会统一党。没有机会去说或去写，孩子也还无法理解。她的第一部剧作上演，获得成功：尊敬的 H 同志。她的丈夫也许真的还活着？

要是有一天我死了，我的玩具还是会在这儿。

别把这一切给孩子了。

你父亲在哈尔科夫战役中阵亡了。

诸如此类。

狼、狐狸和鬼魂。

除此之外没有别的话。

第四卷

1

在 H 同志生命的第六十个年头,我们要与她永别了。

他指着其中一个花环。

她把毕生的精力都献给了工人阶级和党。今天我们痛失了一位无产阶级革命艺术的模范先驱。

他写下了要印在缎带上的文字:献给我的母亲。

文字用黑色还是金色?

黑色。

她是一位奥地利公务员的女儿,出生在布罗德,成长于维也纳,1920 年加入共产党。1933 年,她经布拉格前往莫斯科。在那里,为了促进国家之间的相互了解，她在《国际文学》杂志从事翻译工作，译介苏联诗歌，并在希特勒背信弃义对苏联发动攻击后，立即在莫斯科广播电台的地下电台积极参与反法西斯工作。

是的，他说，坟墓里可以撒上玫瑰花瓣。

回国后她迁居柏林，在这里全身心投入到世界和平与社会主义事业中来，并发表了她的第一部自主创作的文学作品。

要多少？

一般需要多少？

一筐，两筐，五筐，看有多少人来参加追悼会。

那就五筐，他说。

此后，凭借其重要的长篇小说、戏剧、短篇小说、纪实文学和广播剧，她为民主德国艺术文化的发展做出了意义深远的贡献。极少有人能够像这位伟大的艺术家一样，将我们人民的注意力吸引到世界上最正义的事情上来。

2

跌倒的时候,她意识到自己正在倒下,也知道扶手离得太远,左手够不着,右手更是绝无可能,她突然想起了维也纳的楼梯扶手,想起小时候扶手底部的鹰看上去是那么大,楼梯间里总有一股石灰和灰尘的气味,所有这一切都在她跌倒时浮现在脑际,仿佛记忆也在跌落。此刻她才真的成了"失足女性",要不是这件事造成了死亡,她肯定会觉得好笑的。她的母亲在生命的最后时刻是否也想到了她?难道这就是她的最后时刻了?当年她在西柏林广播电台收听赫鲁晓夫的秘密演讲时突发心梗,也被救了回来,难道现在仅仅因为从台阶上一步踏空,她便要丧命?第一章是悲剧,第二章永远是闹剧——读了这么多马克思,难道就为了在最后时刻明白终点真的已经到来?如何才能分辨这是不是你的最后时刻?难道是这一刻脑子里产生的想法比其他任何时刻都要多?这个张开大口、吞没一个人所能拥有的全部想法的深渊是什么?她问自己,这个深渊从前在哪里?如果她现在因跌倒而丧命,她的儿子会怎么样?

3

母亲火化那天的上午，儿子在书桌前的椅子上坐了两个小时——过去母亲工作时总坐在那里——他在等着时间过去。

凭借其成就，她在过去几年获得了我们共和国颁发的多个著名奖项和荣誉称号，包括G同志奖章、杰出爱国者勋章以及歌德奖。

椅子的皮面是蓝色人造革的，椅子底下有个轴，可以转动。他小时候会坐在上面转圈，直到把自己转晕。要说母亲从来没坐在上面转过圈，他是不相信的。

她创造的美与真，将成为对我们的嘱托和激励，让我们为实现祖国统一与世界和平而奋斗。

4

亲爱的母亲，战争快结束时她给母亲写信，亲爱的母亲，我过得很好。我生了一个儿子，他现在三岁了，名叫萨沙。母亲曾把父亲公务员制服上的金纽扣放到小盒子里给她寄到莫斯科，这是多久以前的事了？她甚至没有为此感谢她。那时她觉得母亲不过是想处理掉丈夫留下的最后一件纪念品，她觉得母亲并不懂得如何真正去爱。开战后她搬到了乌法，与维也纳的联系终于完全断了。直到战争快结束，她才通过在广播电台的工作得知那些被德国击败的国家里犹太人的遭遇，她试图回想母亲的包裹是什么时候寄来的，1939年，还是1940年？亲爱的母亲，我过得很好。我生了一个儿子，他现在三岁了，名叫萨沙。这封信被盖上疏散到东部的印戳退了回来。它就像刚退回给她的时候一样，从未拆封，上面盖了多重印章，躺在衣柜最下层的床单底下。儿子迟早会发现这封信的。现在，她再也没有任何秘密了。现在，她再也不能保护儿子。也不能保护自己。

5

管家早上来时，在楼梯脚发现了她。大约是十点三十分发生的事，或者更早，那时儿子在学校，刚刚写完关于歌德诗歌《欢会和离别》的文章。这一改变他整个人生的时刻看起来与之前或之后的所有时刻并无任何不同。管家说，母亲也许是刚在楼上换好衣服，想下楼去书房。管家说，楼梯也很危险。小时候，他会趁母亲不注意的时候从扶手上滑下来。他可能会摔倒，可能会摔断腿或脖子。当心，别从楼梯上摔下来，母亲总是这么说。当然，她自己从来没有从扶手上滑下来过，她总是踩着台阶、一步一步上去或下来，但是楼梯也很危险，正如管家所说。

6

你的家人后来究竟怎么样了，儿子大了一点之后问她。她只说：维也纳一直在被轰炸。还有那么多更容易回答的事，他还没有问。她很乐意告诉他是用哪个品种的苹果来做的苹果卷。她跌倒了。她正从楼梯上摔下来，这段楼梯不再通往她家的底楼，不再通往她的书房，不再通往正门，不再通往厨房，对于像她这样一个不信任何神灵的人来说，这段楼梯只能由她家的二楼通往一片虚无。她从来没想过，有和无之间的边界会像这样突然打开。

真的假的？妹妹问她。

我活得好好的，就栽倒在这愚蠢的楼梯上。

你一心就想往前冲，一直都是这样。

唉，怎么说呢，我就是太胖了。

你看上去还好。

不允许饥饿再来勒索我。

你做到了。

现在我要因为自己的大块头而摔死了。

瞎说。

就因为这个，我每年都得去疗养。

为了不让你被食物勒索。

有一次我减掉了十二公斤。

真不少。

可现在呢？

7

管家说，她已经跟那些人交代过了，抬走遗体的时候要当心。她有一条腿卡在栏杆上，头朝下栽了下去，但更详细的情形她不愿再描述。他出门去上学时，还有一位母亲。他出门去上学时，母亲还穿着浴袍，一直送他到花园门口。一切都如往常一样，和气温还没有超过十度或是已经低于十度的时候一样。此刻他的身高几乎已是他刚开始上学时的两倍，但她现在还是拿着帽子跟着他走到花园门口：乖，戴上帽子。直到今天她都这么跟着。拐过街角，母亲就看不到了，他总会摘下帽子。他从不觉得冷，但母亲不这么想。管家说她得回家了，这里发生的一切让她完全没了头绪，但如果他需要帮助，无论明天或是别的时候，他是知道她住在哪里的。回家。他点点头，关上了门。

他要如何再次走上这些台阶呢？铺在台阶上的地毯某处有刮擦的痕迹，就是在那个地方吗？还是那里一直有划痕？母亲是滑倒还是绊倒的？停止呼吸时，她的头在哪一级台阶上？但就算他知道母亲生命最后时刻的所有细节，也依然无法参透母亲之死意味着什么。昨天，伟大的艺术家H，也就是G同志奖章、杰出爱国者勋章以及歌德奖的获得者，以及我们共和国许多其他高级乃至最高荣誉的获得者猝然长逝。我们将永远缅怀H同志，缅怀这位毕生为工人阶级事业奋斗的忠诚勇敢的反法西斯战士。

8

她摔倒了,摔下去的时候她还在想,这次会不会以摔断脖子收场?

你知道吗,美丽堡和栗树大街路口那个有轨电车站的请愿,我一直没收到答复。

他们会来找你的,她丈夫说,把前额的头发往后拨了一下。

如果车站能再往前挪一点,那里就不会天天堵车了。

她摔倒了,摔倒的时候,她为自己摔倒而感到羞耻。

没关系,这种事任何人都可能遇到。

我还写信反映了兰茨贝格养老院的情况。有人告诉我,得多招一些工作人员,老人在那里过得很不好。

你做得对。

还要反映国际旅行社组织的芬兰游,安排得很糟糕。

芬兰美吗?

当然。你能想象吗,我们居然没法向国营化油器和过滤器工厂直接订购替换零件。

居然如此。

这必须要解决。

肯定要。

现在她从这个世界摔了出去,在这个世上还有这么多事要做,直到一切都达到其应有的状态。如果她不在了,谁来照看这个属于她的国家、这个还穿着童鞋的国家呢?

9

跨过母亲看不见的身体,或者更确切地说,穿过母亲的身体,他终于沿着楼梯来到了楼上。从今往后每次上楼,他都要从母亲无形的身体上跨过,或是穿过。事实上母亲只是去了另一边。但他不知道另一边在哪里。时间与永恒。人是肯定无法直接踏入永恒的。只能通过跌倒到达那里。但人是如何跌倒的?

母亲在花园门口送他时还穿着的浴袍,现在挂在浴室的挂钩上。她更衣时总把它挂在那儿。过去她更衣时总挂在那儿。他也不知为何把手伸进了浴袍的口袋，里面有一张用过的纸巾。这张纸巾仍然存在于当下，而母亲已经从这个当下摔了出去。别让我再抓到你在废墟上乱跑！如果没有他，她在这世界上就是孤身一人！现在情况正好相反。他又走下楼梯，穿过了他看不见的母亲。

几乎没有哪位作者能像伟大的作家H同志那样生动地描绘社会主义建设的图景，她的生命在前天以如此悲剧性的方式猝然终结。

其实一切都和往常一样。客厅里，桌上的花束还很鲜艳。他坐在文化部部长过去常坐的沙发上，还有总统的女儿（他母亲的好友）以及萨斯尼茨联合鱼类加工厂下属的"萨拉生产队"（生产队以他母亲的名字命名）的主管也曾坐在这里；还有住在两栋楼开外的阿道夫·亨内克（属于最早一批活动家）也坐在这儿。八岁的少先队员们坐在这张沙发上，与他著名的母亲面对面，想从她那里了解如何才能成为一名作家；一个患有风湿病的女人，就坐在他现在坐的位置，来问母亲是否可以为她写封信，让她能去索契疗养；作协主席也曾坐在这里，还有一次柏林人民剧院的艺术总监也来了，连同那些在他母亲的名剧中扮演主角的著名演员；那位著名的雕塑家也时不时会坐在这张沙发上，他和母亲同时获得了爱国者勋章，而就在前些天，某著名作曲家还坐在这里，他想根据她的文章创作一部歌剧。

现在他，也就是她十七岁的儿子，正坐在这张沙发上，坐在丝毫没有枯萎的花束前，凝视着他那看不见的母亲，她正坐在每当有人来访时她常坐的扶手椅上。

我父亲呢？

他在哈尔科夫战役中阵亡了。

夜幕将至，他试着去想今后要怎样度过没有母亲的漫长岁月。随着她生命的终止，他原本可能对她拥有的记忆也停止了增长。你所拥有的，你已经拥有了，他母亲总是说。然而，随着记忆的消退，他迟早会再次失去她，那时候会是碎片式的，一次失去一点。

从客厅通向露台的那扇大窗已经一片漆黑。

在许多年间的许多个夜晚，从春天到秋天，他和母亲就坐在这个露台上。在这里，她向他讲起瓦伦蒂诺夫卡这个地方，他们——她，他那在哈尔科夫战役中阵亡的父亲,还有她的朋友O——曾在那里度过莫斯科的夏天。这里的树叶闻起来和那里的一模一样,她总这么说。不同的只是,在瓦伦蒂诺夫卡,街对面有条小河,她每天早饭前都会去那里游会儿泳。因为听过母亲的讲述,每当有人说起莫斯科,他眼前总会浮现出树木以及落在潮湿草地上的黄叶,他看到的不是克里姆林宫和金色塔尖,而是一条阳光斑驳的小溪,他看到水面下的藻类随着水流轻柔地来回摇摆,还有小鱼。

母亲在那时就害怕雷雨天了吗?自他记事起,母亲不仅害怕闪电雷雨,也害怕扫过房子的暴风会将一切刮成碎片。露台门关紧了吗?是的。餐厅的窗户呢?是的。那我上楼了。好的。露台门呢?关了关了。然后她会上楼回卧室,小心地关上卧室门,直到暴风过去了,只剩下雨声,她才会再露面。

但在那些温暖的夜晚,他和母亲常在露台上坐到暮色四合。她会看书,他则做学校的功课,或者为他所在的自由德国青年[*]小组写月度工作报告。

能帮我一下吗?

---

[*] 德意志民主共和国的共青团组织。

你们去哪儿了？

佩加蒙博物馆。

那你就写，我们去了佩加蒙博物馆。

也不能只写这么点儿。

这样啊。那你就写，你们以古代奴隶社会为例研究了阶级斗争的历史。

不错。

你注意到通往佩加蒙祭坛的台阶有多高了吗？

注意到了。

人对自己的神灵怀有敬畏之心，就会这样建造。

这个我也要写下来吗？

不要。

母亲坐在外面，离灯光很近，他离开了一小会儿，进屋拿些东西：一杯水，一叠纸，一把尺子。回来时，他从黑暗的房间深处看到了她的背影。母亲的膝头放着一本书，但她没在看书，她只是坐着，凝视着茫茫夜色。她没有朝他转过身。她知道他马上就会回来。她披着一件厚外套，因为天气已经很冷了。

你为什么叫我萨沙而不是亚历山大？

你为什么从来不去阁楼？

哪个品种的苹果最适合做苹果卷？

所有这些问题的答案，随着母亲一同死去了。

我四月出生在乌法时，地上还有雪吗？

我说的第一个词是德语还是俄语？

我的保姆叫什么名字？

母亲凝视他的目光也随着她死去了，存在于他记忆彼岸的一切也死去了。从现在开始，即使他活到八十岁，也永远无法长大到能够知晓她还没有告诉他的那些事情。

难道她真的没有他父亲的照片吗？

看不见的母亲背对着他坐着，一言不发，没有回答。

10

当她告诉儿子他们在这里的新计划时，他到底有没有在仔细听？

在安息日阳光明媚的宁静中，一封信从一只张开的手落到另一只伸出的手中。

为什么她此刻才想起外祖母在半辈子前对她说

的话?

但是一个肯定想要交出信,另一个也想收下,她这样回答外祖母。

没错。

都有这样的意图,还不算是工作吗?

要是她能记起外祖母对这个问题的回答,一切都会好起来的。

但她想不起来。

她摔倒了。

11

他常常害怕会失去她。有时她会突然晕倒,不省人事而且呼吸困难,他每次都觉得她可能会窒息。那时的她看上去也不一样,完全不像他的母亲。她活了下来,对他而言,这首先意味着她变回了他认识的母亲。

那些她称之为状况的事也许是他的过错?

身为人子的他有时会忘记她有多么容易被激怒。比如有一次他从暗钩上取下她衣柜的钥匙,因为他想拿一个枕套来做狂欢节的服装。他怎么敢擅自靠近她的柜子？或是那次，他和朋友在花园里放自制的烟花。或者他打着伞从露台顶上跳下来，想要学飞。还有一次，他躲在阁楼上的一个箱子里，等着看母亲会不会找到他，尽管那时他就知道母亲从不踏进阁楼一步。当他终于从藏身之处出来，发现门厅里站着两名人民警察，母亲正坐在楼梯最下面的台阶上哭。

楼梯。

三年前，母亲口中的重大事件发生了。她一直这么说。母亲旅行回家那天，他的第一任女友恰巧来找他。他没有听到门铃声。母亲突然没有敲门就进了他的房间，看到这对正在亲吻的年轻情侣，她立刻把门关上了。他赶紧将女友打发走，她也再也没有来找过他，但母亲的第一次心梗发作或许与这次重大事件有关。仅仅几周后，她倒在书房里，救护车闪着蓝色灯光把她运走了。

以往每当母亲去医院做检查、疗养或是出门旅行，他就和管家待在家里，管家会在放学后给他做饭，然后离开。管家闻起来有一股汗味。在他更小的时候，母亲外出时——在其他城市参加阅读会或戏剧首演，或是与作协代表团一起前往波兰、捷克斯洛伐克或匈牙利——会雇一位住家保姆。有一个保姆给他读书时总喷口水，另一个喜欢在打招呼的时候捏他的脸蛋，第三个保姆，哪怕他晚上怕黑，大声叫她时，她出于原则也不会再次到他的床边去。

这位管家闻起来有一股汗味。

至少他不必再为母亲担心了。

现在已经完全确定，她再也不会变回他熟悉的母亲。

他的父亲呢？

他在哈尔科夫战役中阵亡了。

12

最后的瞬间仿佛与另一个最后的瞬间同时存在，她清楚地记得那天早上她与外祖母告别时的情景。那是她化名前往布拉格的前一天。小座钟刚刚无力地敲响十一点。外祖母用布给她包了两只哈拉面包，并给了她一张记着制作方法的纸条。外祖母手上的皮肤是那么薄，薄得透出紫色的血管。

但时间已模糊了所有那些最后一次发生的事，它们在彼时还不会被称作最后一次。不知是什么时候，母亲最后一次为她扎辫子。什么时候是最后一次，她洗锅碗瓢盆时，妹妹坐在厨房餐桌前写作业。是什么时候，她最后一次坐在红罂粟咖啡馆。她人生中的许多时刻都在最后一次做着某件事，却并不知道这将是最后一次。这是否意味着死亡不是一个瞬间，而是一条战线，一条与生命一样长的战线？所以她不仅从这个世界，而且从所有可能的世界摔了出去？从维也纳摔了出去，从布拉格和莫斯科摔了出去，从柏林摔了出去，从社会主义姐妹国家和西方世界摔了出去？摔到整个世界之外，摔到所有曾经存在、将会存在和此刻正存在的时间之外？但今后她的儿子会怎么样？

13

葬礼上，装有他母亲骨灰的骨灰坛被摆放在祭台最前面，两边各有一面旗帜，左边那面红旗特意打了褶，仿佛它在向左飘动，右边的国旗也是如此，仿佛在向右飘动。这个主意是谁想到的？就好像骨灰坛里升起了狂风。可笑，他的母亲会说。

母亲前不久刚去理发店染了发。现在她新做的头发已被烧成灰烬，她的脸也成了灰烬，她的肩膀在这个古铜色的坛子里，还有那指尖圆润的手、圆圆的膝盖、她的脚以及她涂着珠光色甲油的趾甲。他从未见过母亲的裸体，但见过她睡着的样子，也见过她坐着的时候将一条腿跷在另一条腿上的样子，见过她等待的样子，她给自己倒水的样子，起身的样子，穿上外套的样子，伸手去拿她的手提包时的样子，走路的样子。母亲的身体是世间所有风景中他最熟悉的。

14

一位老妇人在她眼前摇晃着象牙制成的儿童拨浪鼓，上面还挂着银铃。停下。摇晃。停下。铃响三下之后，他们走进剧院。

15

他的花环摆在正中间，倚靠着安放骨灰坛的祭台,花环上系着印有一行黑字的缎带:献给我的母亲。前面是党中央送来的花环:致我们贡献卓著的同志;部长会议的花环:忠诚的斗士;人民议会的花环:致以社会主义的哀悼;来自民主德国首都柏林地方法官的花环:献给我们的荣誉市民;作家协会的花环:给一位伟大的作家;以及:永垂不朽,那是民主德国文化协会的花环。

是谁把缎带整理得这样好?上面的所有悼词都能看到。

十四天前,距离他坐在她的骨灰坛前还有十四天,但他当时并不知道。

骨灰坛右边的小展台上放了一个天鹅绒垫子,上面陈列着他母亲的奖章:G同志奖章、杰出爱国者勋章、歌德奖奖章以及两块劳动红旗勋章。

十天前还有十天。

骨灰坛左边的桌子上摆着她的书。

流程单上说,正在演奏的音乐是贝多芬。音乐是谁选的?

也就是说时间向下俯冲,而且越来越快,直至消失?为什么他没有注意到?为什么母亲也没有?

16

是她自己把纸裁开的,一整摞纸从上到下一刀切开。

17

第一个致悼词的是文化部部长。

你最初的两块尿布,是他的妻子在乌法时给我的。

随后音乐又响起来,这次是:不朽的牺牲者,你们英勇就义。我们起立哀悼,满怀悲伤,全心全意。*

我更喜欢俄语版的歌词。

接着上台的是艺术学院院长。

他属于那种也会写作的干部。

一周前的今天,他的母亲还活着。那时她人生最后的一点残余正在悄悄溜走,但她还是像往常一样不紧不慢地行动。他从未——比方说——见过母亲跑起来。远远看去,她总像个老妇人,佝偻着的

---

* 出自歌曲《不朽的牺牲者》,最初是俄语歌,为纪念俄国 1905 年革命及其死难者而作。

身躯有些歪斜,甚至在她只有五十岁的时候也是如此。

18

这些人在排队等什么呢?难道这里有免费领取的黑暗?但它填不饱任何人的肚子。

19

最后一首曲子是海顿,此时所有人都站了起来,正如与礼宾长事先商定好的那样,儿子走上前亲自拿起他献给母亲的花环。骨灰坛、放着母亲勋章的天鹅绒垫子、书籍、旗帜和官方机构的花环都由警卫团的士兵负责,他们走在送葬队伍的最前列,前往墓地。儿子作为第一位送葬者就走在捧着骨灰坛的那位士兵身后,但这个领队走得很慢,儿子必须十分留心,以防踩到那个人的脚后跟。警卫团好像在用这种缓慢的行进速度,迫使人们进入悲哀的情绪。他们是不是在监督队伍保持好预先规定的悲痛程度?

20

黑暗中有一只小手伸向她,手上拿了什么黄色的东西。啊,教了这么久,萨沙终于学会把柠檬递给她了。

21

到达墓地后,旗手将两面旗帜放下,骨灰坛被放入墓穴中。人民听那号令,前往最后的审判。*哎呀,他一定是听错了,他很清楚工人阶级的号角是在召唤进行最后的战斗,而不是最后的审判。但死亡不就是最后的战斗吗?难道说并不是?英特纳雄耐——啊——尔。为——人权——而战。

按照之前说好的那样,儿子现在要在墓穴左侧站定,在他身后是那张放着母亲的书的桌子。坟墓的另一边,托着勋章的天鹅绒垫子又被放回到小展台上,勋章和坟墓之间有一个墓地工作人员正在给

---

* 出自德语版《国际歌》歌词。原本是"人民听那号令,前往最后的战斗"。

送葬者分发玫瑰花瓣（五小筐）。

凡是排队吊唁的人，必须先经过托着母亲勋章的垫子，然后是墓地工作人员，接着要经过底部放着那个古铜色小坛子的墓穴，最后来到他这位死者唯一的儿子身边。

儿子和他们握手。

他与总统的女儿以及总统本人握过手，与柏林人民剧院的艺术总监握过手，与许多著名作家、著名雕塑家和著名作曲家握过手，与得了风湿病的女人握过手，与苏联驻民主德国首都柏林副大使握过手，也与萨斯尼茨联合鱼类加工厂下属的萨拉生产队队长握过手，握过先锋队员的小手，也握过那个或许也想有朝一日成为作家的年轻女士年轻的手，以及母亲在莫斯科、布拉格或乌法时就认识的同志们苍老的手。

在队列的最末端，他向一个陌生男人伸出了手，这个男人用自己灰蓝色的眼睛看着他，男人的嘴看起来与他自己每天早上在镜子里看到的嘴一模一样。男人清了清嗓子，用和他本人一模一样的沙哑嗓音，表达了由衷的哀悼，只是他那由衷的哀悼听起来与其他人的不同，说的是：soboleznovaniya*，此刻，记忆就像一瞬间破碎的帘幕，儿子突然回想起了他的俄罗斯童年。

22

谢谢，他说，男人向他点点头，后面一位要和儿子握手的人紧接着走上前来，等到队伍终于走完了，礼宾长把母亲的奖章放回相应的盒子里交还给儿子，警卫团的一位士兵把母亲的书收进一个袋子里带走了，一个掘墓人开始将浅色的勃兰登堡沙土填入墓穴，时不时有他母亲的某个女友眼里含着泪，临走前再一次摸摸儿子的头，等到这群哀悼者终于散去，陌生男人也不见踪影，而他，死者未成年的儿子，成了唯一留下的人，他坐着46路有轨电车回到了和母亲一直住到现在的房子里，现在里面没人再盼着他回来了。

拜托，在过道里把鞋脱了。他穿过看不见的母

---

* 俄语，意为：哀悼，节哀。

亲爬上楼梯，走进母亲的更衣室，从暗钩上取下钥匙，打开衣柜：里面有被罩、枕套、毛巾和床单。

在最底部的床单下面有一封密封的信。

贴着俄罗斯邮票，维也纳的地址是他母亲的笔迹，上面盖了一个纳粹党徽的章：疏散到东部。

他的母亲不知何时把这封信塞到了床单下。

现在他把它抽了出来。

他看了看信封，把它翻过来，背面是一个用西里尔字母写的地址。

他把信又塞回床单下。

现在隐秘已不再隐秘了。

她真的没有他父亲的照片吗？

这天晚上他从母亲的书架上拿出地图册。

哈尔科夫到底在哪里？

23

第二天早上是星期天。

第二天早上，他的母亲依然是去世了的。

要是她能立刻停止死亡就好了，他想。

要是没有楼梯，他的母亲就还活着，他想。

要是他们没有搬进这所有楼梯的房子就好了。

要是母亲不那么喜欢它就好了,这栋房子。

要是她不那么喜欢这个会让她折断脖子的地方就好了。

楼梯同样危险。

母亲的地图册从昨晚就一直摊开着放在他桌上,他从乌克兰苏维埃共和国的大城市哈尔科夫一直往回翻到柏林那一页。根据科学惯例,这座城市的坐标被指定为北纬52.58373度、东经13.39667度,他的母亲不久前还生活在这里,现在在这里死去。这个坐标在她生前就这样规定,到她死后依然如旧。既然人类还没能在月球上闲逛,也没法在那里摔死,那么他的地图册上必然有一个坐标是他会停止呼吸的地方了。他的骨头会腐烂在这个地点。他现在对这个地点还一无所知,可等到他知道,也没有任何意义了。

妈妈,也就是说,有一天我的身体也会成为我的尸体?

以及所有的胎记和伤疤,我现在已非常熟悉的皮肤、头发和静脉?说到底我整个的人生都是和我的尸体一同度过的,是吗,妈妈?我长大、变老,等尸体准备好了,然后走向死亡?

自从母亲不再给墙上的钟上弦,屋子里比以往任何时候都安静。

于是他独自一人活在这个被如此完整精确测量过的世界上。

独自一人。

独自一人和摆满书的书架,和抽屉里装满文件和笔记的柜子;独自一人和椅子、床、桌子、沙发、橱柜、衣帽钩还有灯;独自一人和吊灯,和地毯、篮筐、冬衣,和母亲的打字机;独自一人和开瓶器、头疼药片、床单、洗涤剂、工具、鞋子还有锅,和熨衣板、洗衣架、茶几,以及巨大太阳图案的黄色壁毯,和扫帚、拖把,还有母亲的梳子、刷子、化妆品,和沐浴露、护肤霜,和盘子、刀叉、花瓶、回形针、信封、母亲的日记本及手稿,和唱片以及一台唱片机、八瓶酒、一个八音盒、链子、戒指、胸针,和两罐扁豆,装着半块黄油、三杯酸奶、两片奶酪的冰箱;独自一人和一张转椅以及无数不同尺寸的素描、几幅油画,其中一幅是他母亲的肖像;

独自一人和十个苹果、一块面包，还有各种各样的铅笔、钢笔、橡皮和摞起来的白纸；独自一人和麻绳、托盘、锅垫，和来自许多国家的硬币和纸钞，和镜子、电线延长线和那个坏了的桌面小喷泉摆件；独自一人和两株橡胶树盆栽，和几条被罩、毛毯、枕头；和空的手提箱、手提包、家居鞋、胡桃夹子、桌布及复写纸，和毛巾、眼镜、套头衫、长袜、衬衫及内衣；和母亲的针织衫以及围巾；独自一人和他自己的婴儿套装，以及他还在莫斯科上幼儿园时用来画画的小木板。

独自一人。

他必须拿起她的眼镜才能回想起她的眼睛吗？拿起她的钱包才能想起她的手指？拿起一双鞋才能看到她穿着鞋子的双脚？拿起她的羊毛毯才能在他的余生中不忘记她午睡时身体的样子？需要多少衣服和物品，才能留住与她有关的记忆，让她至少还能在他脑海中继续活着？但或许，母亲从死亡国度伸出来的手无法像牢牢抓住他那样抓住任何东西，哪怕是一件家具、一件衣服，她先是给了他心跳，后来在他还小的时候给他换尿布、擦鼻子，她无数次看着他，观察着他，注视着他，后来随着他慢慢长大，她教他说话，给他读书，牵着他的手走过越来越宽的街道，梳理着他的头发，给他套上毛衣，还给他系鞋带，她一遍又一遍地看着他，观察着他，注视着他，在他跌倒时安慰他，给他测体温，教他骑自行车，告诉他她认为什么是好的和正确的，什么是错误的，还有她觉得乏味的、好笑的、有趣的，她无数次看着他，观察着他，注视着他，斥责他，对他大呼小叫，责骂他，也会表扬他、亲吻他。现在他第一次尝试用母亲的眼睛从外部看自己，但这很难。真奇怪，他想，我们把一个由于距离太近而无法看清的地方叫作死角。尽管如此，记忆显然更愿意用这一小块死角来换取一个活生生的身体。

法定监护人告诉他，春假期间他需要把房子清空，因为到了夏天，他就要搬到一家孤儿院，他会在那里待一年，直到成年。

门铃响起时，他知道，周日来的既不可能是邮递员也不会是管家。

男人灰蓝色的眼睛看着他，男人的嘴巴和他每天早上在镜子里看到的自己的嘴巴一模一样。男人清了清嗓子，用和他本人一模一样的沙哑嗓音用俄语说，你好。

随之而来的寂静中，德国的沉默和俄罗斯的沉默交织在一起。

然后父亲抓住男孩的头发，一把抱住了他。

就像一个筋疲力尽的拳击手，男孩短暂地停留在他的怀抱中，接着便推开了他。

从门厅可以看见母亲的书房。

她就是在那里写作的吗？父亲问。

是的。

不给我们泡点茶吗？

男孩点点头。

男孩端起水壶，从柜子里拿出杯子和茶，最后倒了水，另一边，父亲靠在门框上，看着儿子走来走去，忙忙碌碌，拿起东西又放下。

茶泡好后，男孩的父亲端起茶壶走在前面。

我们坐这里吧，父亲说着走进了母亲的书房。

从男孩记事起，这是头一回有访客不坐在客厅，而是坐在他母亲书房的小茶几旁。墙上挂着那个巨大的黄色太阳。

你真的住在哈尔科夫吗？

为什么要住在哈尔科夫?

男孩耸了耸肩。

他坐在椅子上,向前弓着身体,手里拿着杯子。

父亲起初只听到有规律的滴水声,接着他看到儿子的茶杯里有一圈圈的涟漪,每当一滴眼泪从男孩的鼻尖落到茶水里,就形成一圈新的涟漪。

我遇到你母亲的时候,她的处境很艰难。

我当时问她,你丈夫回来了吗,她突然哭起来,一切就这样开始了。

我想递给她手帕,但手帕打了一个结。

结系得太紧了,我一时之间怎么都解不开。

就是这样开始的。

你可能也需要一块手帕?

是的,谢谢。

父亲从裤子口袋里掏出一块平整的手帕递给儿子。

为什么要打这个结?

提醒自己晚上要开会。

然后呢?

我把这个会给忘了。

间 奏

只要再晚五分钟下楼,便会错过冥府的入口,这个入口就会继续移动,向着另一个人敞开;如果不用左脚,而用右脚迈出那一步,便不会摔跤;或者没有想着这个那个,而是想着那个这个,就会注意到台阶,而不会看不到。即便如此,无论何种形式,她终究会有一死。如果早些没有到,晚点也会。总会有一个属于她的入口。所有人,每个他和她,必然有一个入口为他们而存在。那么死后的世界只有空洞吗?此外什么也没有?这里吹过异样的风。难道就没有什么能阻止一个人——或早或晚,在这里或那里——踉跄着,摇晃着,跌落,翻滚,或者沉入其中吗?

1989年秋天,东西德之间的墙倒下了,它被推倒、跨越、夷为平地，民众冲出自己的国家，投入"兄弟姐妹"的怀抱，他们陶醉在狂喜中，忘乎所以，整个国家清空了，将自己交了出去，人们交出自身时到底是交给谁呢？交出权力——国家主权，然后崩倒，消失了。现在吹起了另一阵风，那曾经被称作生命的东西，现在名叫"四十年的等待"——四十年的等待终于是值得的。五年计划又是什么？一切都换了名字，新的海岸降临在人们前方。那些长久以来还不如一袋面粉或一双鞋真实的文字已彻底失效，从经济的角度来看它们早已无法维系。过去只有一种黄油，现在有二十种，租金涨了十倍，剧院上演不同的剧目，俄罗斯人关闭了他们的军营，在六月十七大街*的跳蚤市场上兜售他们参加过伟大卫国战争的祖辈的皮帽、制服夹克和勋章。1953年6月17日那天，东柏林的工人抗议过高的生产定额，但没有成功，而矿工和早期活动家阿道夫·亨内克，也就是该生产定额的制定者，现在却住着柏林潘科区的别墅。打倒特权！1990年，昔日政府的部长们

---

* 柏林东西轴线的一部分，西起恩斯特-罗伊特广场，横穿柏林工业大学的校园，为纪念发生于1953年6月17日的人民示威游行活动而命名。

失业了,他们靠在自家花园的篱笆上,与出门遛狗的退休人员愉快聊天。他们是否可以保留他们的地产还待商榷。民众到西德拿了欢迎金,从此成了西德人。此后东方只是一个地理方位。给这位可敬的作者出版过书籍的出版社破产了。读者们如今除了阅读还有其他事情要做,首先他们想去加那利群岛旅行。十八岁的年纪还不够。曾经如此年轻的那个世纪,现在已经很老了。他的母亲也很老了。

她的儿子周日四点来看望她。

她说她意识到自己一直在藏东西,但想不起都藏在哪里了。她说她不再是她自己了。

管家用托盘端来咖啡和蛋糕,然后又出去了。

母亲问她的儿子:我是不是应该自杀?

儿子说:当然不是了,母亲。

说:哎呀,母亲。

说:你怎么能这么问?

儿子周日四点来看望母亲,母亲有一条前臂布满了淤青。他问:你摔倒了吗?

没有,母亲说,她说她皮肤某些地方就是会自己变成这样的乌青色。

管家在厨房里告诉儿子，她认为事实并非如此，但母亲什么也没告诉她。

儿子周日四点来看望母亲。管家帮他脱外套时说：母亲半个小时前才醒，因为她早上来上班时，母亲就衣着整齐地坐在床边，显然是从前一天晚上就这样。所以她让她睡了一天。

谢谢，儿子说，非常感谢，您费心了。

管家早上七点半给儿子打电话，说母亲不在家，是不是去他那儿了。儿子说：没有。他说：我现在过来。

儿子取消了一个会议，告诉大儿子，今天他得自己坐公共汽车去学校，而且，因为已经很晚了，应当尽快出发，他还请妻子送小女儿上学，他的妻子说：你疯了吗？我八点半得化妆。这样啊，这位父亲说，然后打电话给学校说小女儿生病了，小女儿在他挂了电话后说：我们不应该说谎。父亲说：去拿本书看，等我回来。

随后儿子开车到母亲家。

管家说：我现在应该怎么办？

儿子：这事您帮不上忙。

儿子去附近的街道上寻找母亲。她正穿着睡衣坐在某个地方的路边哭泣。

晚上，孩子们都上床睡觉之后，儿子对妻子说：

我母亲再这样可不行。

妻子说：我不知道你想说什么。

我母亲，他说，她的房子挺大的。

妻子说：想都别想。

丈夫说：我知道，这对你来说不容易。

妻子：她一直挑唆孩子们反对我。如果你想引战，那我们就搬到她家去。

丈夫：但她照顾不了自己了。

妻子：你在列宁格勒的那年，她一次都没帮我带过孩子。

丈夫：她受不了老大放很吵的音乐。

那小的呢？

这对她来说责任太重大了。

你看，我现在也受不了，我现在也觉得责任太重大了。

总有一天我们都会老。

到时候我如果还要去压榨孩子，那我真是造孽。

她并没有在压榨我。

哦，是吗？

间 奏　　255

她不知道自己在做什么了。

她向来都比别人知道得多,现在这样也合情合理。

你别那么恶毒。

现在她还要把我们分开。

得了吧。

第五卷

1

那一周,也就是霍夫曼夫人将在九十岁生日的第二天去世的那一周,是雷娜特护士上早班。

那一周,也就是霍夫曼夫人将在她九十岁生日的第二天去世的那一周,她就像过去七个月一样和布施维茨夫人共用一个房间,布施维茨夫人会对出现在她一米之内的所有人又抓又打。布施维茨夫人刚搬进霍夫曼夫人房间的那天,霍夫曼夫人与她的新室友进行了第一次也是唯一一次打斗,她走近布施维茨夫人,想与她友好地打招呼,结果布施维茨夫人像往常一样攻击了她,霍夫曼夫人惊讶之余在她伸手可及的范围内搜寻着可以用来防御的物品,只找到了桌上的一块茨维巴克脆面包。她用这块面包刮伤了布施维茨夫人的脸,于是后者放弃了纠缠。从那以后,霍夫曼夫人就再也没有走到距离她室友一米的范围之内。

这一周,也就是她将在九十岁生日的第二天去世的这一周也是如此。这一周就像其他每周一样,从周一开始,而这个周一就像其他日子一样也是八点吃早餐。早餐一如既往,由当班的护工用轮椅将她推出房间,推到早餐室,给布施维茨夫人周围留出了一个大的拱形区域。什么是周一?

霍夫曼夫人坐在长桌旁,和往常一样,坐在还能够自己坐在椅子上的施罗德夫人和米尔纳夫人之间。和往常一样,在施罗德夫人和米尔纳夫人的椅子中间给她的轮椅留出了位置。霍夫曼夫人的红头发现在也成了灰白色,从前认识她的人很难从这许多颤巍巍的、歪斜着、打着瞌睡或低垂的灰白头发的脑袋中认出她来。她边吃早餐边说话,也不会影响到任何人,因为所有这些女士和先生们的耳朵都老了。即使果酱落在她的衬衫上,也不会影响任何人,因为所有这些女士和先生们的眼睛也同样都老了。咬了几口后,她把早餐盘推开,不肯再吃了。

这顿饭邀请了几千个来自不同级别的人。但我吃不下。

正在倒茶的雷娜特护士说:

可是霍夫曼夫人,我们这里真的没有几千人。

肯定有——几千个!我不知道这些人为什么聚在这里,我无法确定这次集会的原因和意义——但这背后一定有它的意义!

霍夫曼夫人,您吃早饭吧。

但这实在是不像话!总应该有别的选择吧。为什么这几千人都在吃放在他们面前的蹩脚货?

这是面包房刚出炉的小面包,霍夫曼夫人。

必须要对此进行讨论,关于这些食物,关于所有人都只能吃这些差劲的蹩脚货的目的——但我还没能和任何人谈论此事。

但是,但是,霍夫曼夫人。

不行,我不会吃这些的。我必须要先弄明白,这些人过去都经历了什么样的个人历程,各种各样的历程,是什么鼓舞着他们,什么会让他们屈服,什么不会。

早餐收走后的八点半至九点半之间,是不值得让人将自己推回房间的。大家都坐在原地。到了九点半他们就坐着轮椅去健身房,会有人给那些不能起身或至少不能靠自己起身的人活动活动手指、手、脚和头,十一点又回到休息室。大家从十一点坐到十一点半。电视机开着。墙上挂着一个大钟。有些人裹着毯子在轮椅上睡着了。

她很想读书。如果把书本拿得近一些,她甚至可以破译上面的字母,但她的胳膊和双手的力气不足以让她拿住这本书。

蔡西希女士滑雪很出色。

出发!我真希望我能再从斜坡上滑下去一次,但这是不可能的。

贝伦特先生是一位牧师。

我真希望我有时能写点什么,但我的脑子不配合。

布劳恩夫人战后从梅梅尔河畔的海德克鲁格一路徒步走到柏林,还带着三个孩子。

现在没人能想象那意味着什么了。

而且所有人都活了下来。

三个能干、可爱的孩子。

厨房里传来盘子叮当作响的声音。

我最大的儿子最近庆祝了金婚。

有炖菜的味道。帮佣摆好了餐具。休息室里充满了期待。十一点半供应午餐。

霍夫曼夫人对有听障的米尔纳夫人说:

我们必须组织好我们的队伍。有些人会早到,其他人会迟到——我们必须协调好一切,然后等待领导的指示。

米尔纳夫人没有看霍夫曼夫人,她正试着把白汁炖鸡里切得很小的肉块叉到叉子上。

指示下达之前,我们决不能行动。

米尔纳夫人点点头,但不是因为她赞同霍夫曼夫人所说的,而是觉得白汁炖鸡很好吃。

我在等我的丈夫,霍夫曼夫人说。

我总是站在角落里等。

我这一生都站在角落里等。

霍夫曼夫人,雷娜特护士经过时说,您也得吃点东西。

如果现在开始吃东西,霍夫曼夫人说,会让我觉得自己很可鄙。

但是,但是,雷纳特护士说。

我不能吃。

就吃一勺,霍夫曼夫人。

如果我能吃点东西肯定好,那样生命会更强健。

说得对,霍夫曼夫人。

但我不能吃。

午饭后,她试着自己推轮椅的轮子回房间,但手上没力气,推不动。

哎呀,霍夫曼夫人,让我来吧,雷娜特护士说着,帮她推轮椅。

回房间的路上,霍夫曼夫人朝走廊望去,看到走廊尽头有一位年轻的护工从许多扇门中的一扇里面走了出来,她喊道:嘿,嘿!并举起一只手打招呼。但显然他很匆忙,或者是他没有听到她在喊,随即就消失在许多扇门的另一扇门后。

他现在没时间陪您,霍夫曼夫人,也许晚些会有空。

霍夫曼夫人点点头。我们得有一点耐心,不是吗?

说得对,霍夫曼夫人。

对于我们的事。

当然。

但这不是件容易的事。

是的,您说得对。

护士将轮椅推入房间,经过了布施维茨夫人床铺旁的大片拱形区域,布施维茨夫人已经躺下午睡了。

要去窗前吗,霍夫曼夫人?

好的,谢谢。

护士固定好轮子,正准备离开,霍夫曼夫人牢牢抓住她的袖子:

我现在该做些什么?

我也不知道,霍夫曼夫人,护士一边说,一边将那只苍老的手从袖子上拿开,那只手很冷,她把霍夫曼夫人冰冷的手放回她的腿上,然后出去了。这里的门关上的声音总是很轻,霍夫曼夫人都没有听到护士已经走了。

为什么?做什么?她还在午后的寂静中发问,但没有得到答案。

她的身体是一座城市。她的心脏是一片宽敞荫凉的广场,她的手指是行人,她的头发是路灯的光,她的膝盖是两片建筑群。她试着给人们让出一些人行道。她试着打开她的脸颊和高塔。她不知道街道会让人这么痛,也不知道她身上居然有这么多条街道。她想带着身体离开躯壳,到外面去。但她不知道钥匙在哪里。我害怕失去理智。怕有人拿走控制我理智的钥匙。

下午三点有咖啡和一小碗冰激凌。布施维茨夫人让人带她出了房间,霍夫曼夫人留在原地,一边喝咖啡,一边搅拌着冰激凌,直到它融化,然后一勺一勺地慢慢喝掉。有人敲门。是三区的扎贝尔先生,每当他又找不到妻子了,就会来拜访她,他妻子在十二年前去世了。

霍夫曼夫人,您可能知道我妻子在哪里?

她长什么样?

她有一头棕色卷发,齐肩,总是爱笑。

不知道,她没来过这儿,但如果她来,我会告诉她您在找她。

您真是太好了,霍夫曼夫人。

妻子已经死了这回事,扎贝尔先生已经忘记很多次了。每当有人不小心回答他说"您的妻子?她早就死了"的时候,这个可怕的消息就会又一次将它全部的分量压在他身上。

于是他为妻子进行了很多"第一次的哀悼",只有霍夫曼夫人总是答应,如果他妻子过来就会通知他,他永远不会忘记她的善意。扎贝尔先生也喜欢在霍夫曼夫人这里坐一会儿。她很有礼貌,他可以和她谈论任何困扰他的事情。例如,他可能会说:

我觉得自己好像慢慢地病了,变成了一只动物。

然后霍夫曼夫人说:

我害怕自己会慢慢地变透明,从里到外。

然后扎贝尔先生说:

病人开始放弃尊严。

然后霍夫曼夫人说:

这一切实在是太难承受了。

然后是扎贝尔先生:

我们为什么不试试,咬开身上的疾病呢?

这让霍夫曼夫人想起了她童年听过的诗句:

亲爱的主,亲爱的主,我们称你为天父

你已给了我们牙齿,

也请给我们用来咬的食物。

然后扎贝尔先生接下去:

亲爱的主,亲爱的主,我们称你为天父

既然我们本为一体,

也请给我们抓得到的事物。

真是不可思议,不是吗,霍夫曼夫人说,一个词能在词语的丛林中找到属于自己的道路。

是的,确实不可思议,扎贝尔先生说,然后沉默了一会儿。

后来他站起来,向霍夫曼夫人微微鞠了一躬,又回他位于三号区的房间去了。毕竟,他妻子现在可能已经去那里找他了。

到了五点半,那些自己还能走路的或是有人帮忙推轮椅的人们被引到餐桌旁,六点供应晚餐,霍夫曼夫人还是一如既往称之为 Nachtmahl*,尽管距离她在维也纳的生活已经过去一辈子了。施罗德夫人和米尔纳夫人中间是她停放轮椅的位置。

人们总是对吃饭小题大做,霍夫曼夫人对卡特琳护士说,后者正在为她把对半切开的面包再切成四小块。

要去美餐一顿,她说,然后笑了笑。

这不是很好吗,卡特琳修女说,candlelight

---

* 奥地利德语,意为:晚餐。

dinner*，不是吗，霍夫曼夫人？

其实人吃东西只是为了不死。

好啦好啦，霍夫曼夫人。您好好享用！

不吃东西人就会死，就这么简单，霍夫曼夫人说。

但卡特琳护士没再继续听，她走到另一张桌子旁，把围兜系在一位女士身上。

只是因为人必须吃东西，才会这样小题大做，霍夫曼夫人说。

但无论是施罗德夫人，还是米尔纳夫人都听不到她们的邻座说的话。

只是为了让人不感到无聊。

随后黄昏来临。

布施维茨夫人戴上耳机，开始收听广播。卡特琳护士帮霍夫曼夫人换了衣服，然后霍夫曼夫人坐在床沿吃药，她帮她端着水杯。然后卡特琳护士离开了。

霍夫曼夫人看得很清楚，有人正坐在她窗边的扶手椅上。虽然已经好久没见，她还是立刻认

---

* 英文，意为：烛光晚餐。

出了她。在金色黄昏的天空映衬下,她看起来像一个剪影。

我现在正处在一个过渡阶段,霍夫曼夫人说。

母亲沉默不语。

我不知道该怎么办,霍夫曼夫人说。

母亲沉默不语。

问题是我能不能抵挡住他。他很强大,对我也很残忍。我希望能得到多一点的善意。但他一丝善意也没有。他对我很粗鲁,很残忍。

母亲沉默不语。

会有一场恶斗。并不是我要发起攻击。是他在攻击,或者她。他或者她从四面八方攻击我。但我不想这样——我还有那么多、那么多的可能性。有很多事情我再也记不起来了,但还是有一些……

哦,姑娘,她的母亲突然说,她的声音听起来完全没有那么老。

我想做些什么来对抗这位先生或这位女士,你知道吗?霍夫曼夫人说。直到现在还没有人愿意和我并肩作战,没有人!

连我也没有,她的母亲微笑着说。

连你也没有。霍夫曼夫人说。

在那一周的开端,也就是她将在九十岁生日的第二天去世的那一周,霍夫曼夫人有生以来第一次和母亲一起笑了。

有件事你得知道,孩子,母亲说。

你其实可以用一把雪吓住他。

真的吗?霍夫曼夫人松了口气说。

但她突然想起来,现在是五月。

2

来吧,亲爱的五月,
让树木再次翠绿。
让我们去溪边
看看小小的紫罗兰。
我多么渴望
再看到一朵紫罗兰。
哦,亲爱的五月,我多么渴望
再次漫步。*

---

* 出自歌曲《春之憧憬》("Sehnsucht nach dem Frühling")。

他们学这首歌时是五岁，也许是六岁或七岁。现在他们坐在这里，用已经老去的声音唱着，他们被禁锢在了老年中，就像在监狱里，他们一直都还是曾经五六七岁的他们，但同时也无可挽回地远离了那个年纪，也许甚至没法活到他们唱歌的这个月的月底，也许等到秋日园丁将那些如今刚刚抽芽的树木的落叶扫到一起时，他们已经躺在地下。周二的十点到十一点有歌唱团。除此之外周二没发生什么，下午扎贝尔先生没有来，她儿子也没来，他说周六来接她，带她去郊游。什么是周二？午餐是水波蛋、咖啡配一块奶油蛋糕，外面开始下毛毛雨，直到晚上也没有停。霍夫曼夫人让卡特琳护士打开窗，她深深地吸了几口潮湿温暖的空气，闻起来有树叶的味道，就像当时她和女朋友在多瑙河边露天度过的那个夜晚一样。布施维茨夫人戴着耳机入睡，就像往常一样。

我们已下定决心，我们会做好一切。

之后所有事情变得如此可怜。

我们试图做好一切，但我们做错了。

如果霍夫曼夫人今晚死去，这将会是她的遗言，但不会有人在场听她说话。

周三吃早饭的时候,米尔纳夫人对雷娜特护士说,她总是吃两片吐司的。我知道,雷娜特护士说,声音足够响,以便听力不好的米尔纳夫人也能听见。米尔纳夫人说:一片抹果酱,一片抹蜂蜜。我知道,雷娜特护士说。她说,不过她的丈夫一直都只吃一片。好吧,如果他没胃口的话,雷娜特护士说。是的,但那样是不对的,米尔纳夫人说,不然他没准儿现在还活着。饮食让身体和灵魂在一起,雷娜特护士说。太对了,米尔纳夫人说。

什么是周三?

在米尔纳夫人旁边,霍夫曼夫人闭着眼睛,坐着数秒,她知道枪决从八点开始。每分钟有十名囚犯被处决。她默默数到十,跟着每个数字点头,然后等待下一分钟的开始。她不必看钟就知道一分钟何时结束。她终于年纪大到能在时间里自由移动了。

一。二。三。

施密特夫人:俄国人炸毁了施特拉斯曼大街2号,因为我们没来得及清除坦克路障。我们真的不能再快了,实在已经没有力气了。

四。五。六。

波得比尔斯基夫人:有时我会把李子核里面的果仁掺到蜂蜜蛋糕的面团里,你知道李子核可以像坚果一样打开吗?

七。八。九。

基瑟克夫人:在义务劳动日*这天,我的孩子们总是帮着我在灌木丛里捡纸团。

休息室充满了未被讲述的故事。

十。

即使是霍夫曼夫人在她九十岁生日的第二天死去的这一周,时间依然是由时间熬成的粥,它太黏稠,仿佛凝固了,必须被打发、消耗、吃光,没完没了。什么是周四?周五呢?下午有时会有人来,他或她,握住她的手,为什么?他或她会把手搭在她瘦骨嶙峋的肩膀上说:抬头!或者根本没有人来?有人来的日子,和那些她干坐着的日子全都萎缩成了一天,时间是时间熬成的粥。你是谁?当生命所有的库存都用完了,剩下的是留在最底部的东西:

---

* Subbotnik,共产主义星期六义务劳动日,始于1919年,一直持续到苏联解体前。

于是，那坚不可摧的储备显现出来。

右边一针，左边一针，老师在一旁指导。

我真是糟糕。

但您做得很好，霍夫曼夫人。

我从来都不知道，要怎么做这样的东西。

在这里把针插进去，然后把线拉出来。

这样啊。

真棒，霍夫曼夫人。

您知道吗，我并不像他们说的那样，总是沉浸在幻想里。不是幻想。是别的东西：恐惧。

坚不可摧的储备，恐惧。

我害怕我又做错事。

害怕白天，害怕黑夜，害怕雷雨天，害怕来访的陌生人，害怕食物里有毒，害怕那些表现得友好，实际上却要偷她的金手镯的护士，害怕有人推着她的轮椅，不知要去哪里，又是谁在推？害怕医生，也害怕疼痛，害怕把她送到这里来的儿子，怕生，怕死，害怕她仍要熬过的所有时间。

可是霍夫曼夫人，您真的不必这么害怕呀。

我非常害怕会做错什么，太害怕了，以至于我真的做错很多事。

您已经完美地编织了一整行了啊，霍夫曼夫人。

不，不，总有什么东西一直是错的。我知道，但改不了。

您看，现在您把它整个翻过来，就又从最前面开始织了。

这样对吗？

当然，再正确不过了。

这样不会散架吗？

当然不会，为什么会散架呢？

大约八十年前，维也纳一位手工老师形容一个学生的作品邋遢和破烂。难道这个学生拥有这么长的寿命，就是为了有朝一日让那个可恶的维也纳女人说的那句话最终被抵消，被另一位老师说的话掩埋？她在世上活这么久，难道就是为了这两句话能够——比方说——在她这里相互对抗，让恶劣的句子最终落败？这世上已被说出的以及将要说出的一切，会不会构成一个动态的整体，有时朝这边，有时朝另一边发展，最终总会回归平衡？然后这就是结局？

左边一针，右边一针。

对。

然后翻过来，这样又从前面开始。

就这么简单？

就这么简单。

3

一个男人坐在维也纳的"博物馆"咖啡馆，面前放着一杯水，他在考虑要给母亲带点什么回去让她高兴，母亲在维也纳的时候还是个孩子。他应该给她买一个圣史蒂芬教堂的小铜像呢，还是直接去萨赫酒店买一块萨赫蛋糕，或者索性去阿伦贝格广场折一根树枝带给她，那里离她以前住过的公寓不远。他实在难以想象他的母亲曾经是个孩子。一年半之前的某天，他送她去养老院，到的时候发现她已戴好帽子，穿好外套坐在门厅的椅子上等他来，她自我介绍说是奥匈帝国军队的少校，整装待发。她身边放着一只深蓝色的小手提箱，膝盖上放着那个装着金纽扣的小盒子。他很熟悉这个盒子，在乌法时，他常用这些扣子问保姆买两公斤（有时甚至是三公斤）空气。他等母亲回家等得无聊时，就擦拭这些纽扣，也常常盯着上面的双头鹰看。现在，在维也纳，这只鹰不仅在霍夫堡宫顶上，也在城市的各个角落展开翅膀，同时望向左右两侧：铸铁栏杆上、喷泉旁、建筑物入口上方，甚至在他刚刚买香烟的烟草店的招牌上，尽管到皇帝离世到现在已过去四分之三个世纪。在这里仍然随处可见的这只鹰在它的两个头上方展开翅膀，仿佛要把它们抱在一起。

时间在维也纳真的如此缓慢？

或者根本无所谓流逝？

曾有一个国家建立在德国东部，这个国家存在了四十年，有一种日常生活存在了四十年：新建筑、学童，社会主义的胜利，"请等候入座"，劳动英雄[*]，十芬尼的车票，"我会写篇请愿书"，有时去合作社买冰激凌，卡·马克思路和安德烈路的拐角处是五月一日的集合地点，在韦尔德采樱桃，恩斯特·布施[†]歌唱农民战争，电梯又卡住了，亲爱的男女同志们。而在完整的一段生命结束后，过去的日常生活和国家分崩离析，消失不见，它们被踩在地上，从

---

[*] 民主德国时的一个荣誉称号。
[†] Ernst Busch（1900—1980），德国著名歌手、演员。

地图上抹去、瓦解，被人民扫除了。然而在维也纳，他感到曾经存在的一切都经受住了岁月。战争快结束时，维也纳还被轰炸过，母亲总这样说，这是他无论如何想象不到的，因为他在这里看到的所有建筑都是如此巨大，如此毫发无损。

尽管边境开放以来他常去美因河畔法兰克福，也去了伦敦、的里雅斯特，甚至还带着妻子和孩子一起去纽约看了自由女神像，但这个男子私下总还是把维也纳称作西边的外国，而"博物馆"咖啡馆的咖啡气味——不管他愿不愿意——都会让他想起第一任女友曾经收到的联邦德国的亲戚寄来的包裹。他仍然会把新时代称作胜利者的时代，而他只能一次又一次地惊叹，那所谓现代的优越性唯独也仅仅根源于一个事实，那就是这个现代已经存在了一百五十年。不管愿不愿意，他看得出这里的人们习惯开快车，了解报税，早餐时会毫不犹豫地问服务员点一杯普罗赛柯起泡酒。从他们走进门，让门"砰"的一声关上的样子就可以看出，他们是多么确信，世界上的所有地方都处在恰当的世界中。现在他也坐在这个恰当的世界里，现在他的钱包里甚至有恰当的钱，尽管他为了节省西边的货币，面前只放了一杯水。我得待在外面。这些标志上画着狗的形象，它们禁止进入肉店、餐馆和游泳池，德国东边也有这些标志，和西边的一模一样，也可能世界各地都一样。曾经将他与西方分隔开来的边界早已倒塌，但这边界似乎已经滑入他的内心，至今还将他过去的样子与他现在应该成为的或能够成为的样子分隔开来。我不知道我们是如何分辨出另一个人的，他上次探望时母亲对他说。不管他愿不愿意，他吃早餐时都不想喝普罗赛柯起泡酒。他也完全不在乎其他人是否能从他的眼神、他的头发和脸颊看出，他来自那个——理所应当、终于、感谢上帝、的确是时候——沉没的国家，那里"真是个笑话"，有人民企业，五月一日那天纽扣里别着红色康乃馨，弄虚作假的选举，老人戴着西班牙内战时期的贝雷帽，学校里讲授辩证法。人！这个字眼听起来多么令人自豪。*清晨六点他从夜班火车上下来，看到车站里有一些人睡在纸板上。过去四十年来，他身处在哪个世界呢？那个世界去哪里了？他在余生中拥

---

* 出自高尔基剧作《底层》。

有的心脏是狗的吗？

之后他独自走出咖啡馆，打算在下午赴约前稍微逛一会儿，纳旭市场上在卖马肉、香草、苹果和鲜花；他转了一圈，然后穿过去，到维也纳右道走走。现在时候还早，那里的成人影院还没营业，他漫无目的，盲目地在一条小路上漫步，毫无计划地右转，然后继续走。电车轨道，建筑物的入口处散发着石灰和灰尘的气味，仿佛已经是夏天了，他沿着一排脏兮兮的商店橱窗一直往前走。他很高兴，因为他不必去那些对维也纳不熟悉的人会游览的地方，他喜欢就这样简简单单穿过日常生活。很久以前曾有一位天使守护在大门入口上方，那里现在已不再是低矮的房屋，取而代之的是一座有五层楼的现代化酒店。1945年3月，战争快结束的时候，他的曾外祖母居住过的那栋楼成了为数不多的炸弹的牺牲品，不过当时，曾外祖母已经死了四年多，她的公寓早就被清空，转手给了其他人。但他既不知道他的曾外祖母是谁，也不知道她曾经住在哪里，当旋转门将一群游客放行到人行道上时，他让开了路。对这个男人而言，维也纳的历史已经被彻底洗刷干净，一代人的时间还没过去，这个城市就与他这个维也纳女人的后裔再也没有任何关联。一代人的时间还没过去，出生的地方和家乡已经是两回事。他是自由的，双重的自由，他的内心就像一个广阔的黑暗国度，无时无刻不承载着母亲从未告诉他或向他隐瞒的所有故事，也许甚至承载着连他母亲也不知道的、没有经历过的故事，他无法摆脱它们，但也不会失去它们，因为他完全不了解它们，因为这一切都深埋在他的内心，因为当他从母亲的子宫里滑出来，他体内已充满不属于他的空间，那是他无法凝视的内在。差不多四十年前，他的父亲在柏林待了三个星期，但他不知道——他怎么会知道？他的父亲后来一直生活在沃尔库塔，十二年前在那里去世，但儿子对这些事一无所知。儿子可以在世界上任何地方安家，比如在柏林。如果他知道要问什么问题，并且有可能知道要向谁提问的话，那么一位维也纳犹太社区的专员肯定会拿出一份名单，并告诉他：他的曾祖母在 1941 年 2 月第一次被送到奥波莱，他的外祖母在维也纳卢布林区搬了六次家，然后在 1942 年 7 月经明斯克被送到玛丽·特罗斯特内兹灭绝营，他的小姨在朋友家躲了好几个月，于

1944年被送往奥斯维辛集中营。然而对这个男人来说，维也纳只是和其他大都市一样，尘土飞扬。链桥巷、玛利亚希尔弗大街、七星街、月光巷。在那边，就在街对过[*]——正如他母亲会说的那样——是一家卖老物件的商店。谁知道呢，说不定他会在这里找到可以送给她的东西。

小座钟就放在入口旁边的货架上，刚刚无力地敲了十下，可他知道，现在至少已经十一点半了。他扫视了一圈，看到了桌子和橱柜，藤椅、矮凳和搁脚凳，塞满了装饰物的玻璃柜，古老的银质餐具，从天花板垂挂的吊灯，墙上挂着的油画、镜子、气压计、十字架，架子上放着烛台、盘子、书籍和玻璃杯，桌子下面放着桶和堆满衣物的篮子。一切都紧紧地挤在一起，每一件东西都在另一件上投下阴影，于是，即使在这样明媚的五月天，房间也处于它自己的暮色之中。男人刚开始没看到售货员，也没有人跟他打招呼，直到眼睛适应了昏暗的光线，他才看到在商店的最里边，有一个男人正坐在扶手

---

[*] 此处用"drüber"来表达"对面"的意思，属于不太常见的用法。

椅上读书。

母亲会喜欢什么呢？母亲搬去疗养院时，除了绣着乌兹别克太阳的黄色壁毯，他不知道里面装着什么的深蓝色小手提箱，还有那个放着金纽扣的小盒子，她什么也不愿意带。他很想买下书架上这套完整得出奇的《歌德全集》自己收藏，而且价格肯定不会像在正经的古董书店里那么贵。他随意抽出书脊有点刮花了的第九卷，翻了一下，"永别了"，然后又放了回去，他不知道坐着火车要怎么把整套歌德全集带回柏林。那个镶着紫水晶的胸针或许不错，或者那个印有维也纳市徽的银勺，但他不想劳烦店主打开玻璃柜。最后，他看到一幅微型双人像，靠在一只迈森汤碗旁，上面画的是普鲁士国王威廉二世和弗兰茨·约瑟夫皇帝的盟友形象，画上写着"坚定团结"。他的维也纳母亲最终流落到了普鲁士，他觉得这个礼物可能合适，而且这幅画的政治意义已经遥不可及。他从架子上拿下这幅画，走近了问那个男人：打扰一下，多少钱？

4

《歌德全集》和小座钟的女主人在她快八十岁时不得不抛下一切，于1941年2月由她的表弟搀扶着启程前往麦芽巷的犹太人养老院，那里是为了便于向东部转运而设立的第一个据点。钟敲响了十一点，钟敲响了十二点，绿荫下的湖湾，鼓翼的晨风[*]，然后表弟回到了空荡荡的公寓，在桌前坐了一会儿，不久前他还和老妇人在这里喝了最后一次茶。我的眼里一片漆黑[†]。然后时钟敲响了一点。因为要收缴金属，老妇人去年就不得不将她的七烛台上交。它肯定早已被熔化了。但至少此刻还有《歌德全集》，男人把它们打包起来装进手提箱，一次拿三四卷，他二十年前也是用这个手提箱装着它们、放在手推车上运到这里来的。他把座钟的钟摆卸下来，把钟包在枕套里，然后系成一个包裹，这样就可以把它塞进煤袋、挂在肩上。他提着手提箱和煤袋离开了已经冰冷的公寓，桶里的水上面结了一层薄冰。要不

---

[*] 出自歌德的诗歌《湖上》（"Auf dem See"）。
[†] 原文为意第绪语。

是他把座钟的钟摆塞进了夹克胸前的口袋，他会觉得，自己依然可以透过袋子和柔软的织物听到钟在滴答作响，仿佛声音隔着一层雪传来，他也会深信，时钟的指针仍然在他背后走着。在老妇人出发去麦芽巷之前，她确实给座钟上了一次弦，就像过去五十年来她每天早上会做的那样。表弟背着停了的座钟走在二月的严寒中，有着精致小挂钩的钟摆从胸前的口袋里探出来，用来上弦的钥匙在他的裤兜里慢慢捂热了。表弟走到阿伦贝格广场附近的街区，按门铃，与某人交谈，点头，然后乘坐有轨电车到玛利亚希尔夫路117号，按响铃，说话，点头，然后前往林茨大街439号，按铃，说话；海德路4号，最后他到了二区，站在汽船街10/6号门前，按响门铃，说话，并终于在这里卸下了背上的负担，这个负担此刻变成了一份遗产，让这个女人想起了一些她不愿想起的事，物品不会说话却能吐露千言万语，而女人此时知道了她并不想知道的事情，那便是：总有那么一刻，一切为时已晚。最后，表弟从裤袋里拿出那把已经捂热的钥匙，哦，对了，还有钟摆。女人拿起钥匙、钟摆、手提箱和煤袋，把它们带进了一个只有一部分属于她的房间，房间里，陌生人坐在床上，陌生的孩子在桌子底下玩耍，陌生人互相吵架，这一切仿佛都与她没什么关系。她把包裹从袋子里拿出来，打开，把座钟放在桌子上，装上钟摆，指针又开始滴答作响，那上紧的发条里面还藏着她母亲的生命。她赶走了几个孩子，坐在时钟前看着，看着时间永远为时已晚地流逝。时间就像一丛被羊毛缠住的荆棘，你用尽全力把它拔出来，抛到身后。那些此刻已无关紧要的分钟正在流走，只有分针清晰地将这一分钟与其他时间分开。

手提箱和煤袋，还有里面那个用枕套包着的座钟，又跟着女人再一次穿过维也纳的大街小巷，因为根据另一条官方指令，她必须从汽船街搬到上多瑙街，三个月后又要从上多瑙街搬到哈默—普格斯塔尔巷3/12号。虽然此时搬家对于女人来说已经很艰难，但她两次都带上了《歌德全集》和座钟，这是她已被驱逐出境的母亲仅有的两件家当。她每到一个地方便会解开时钟，给它上弦，然后把钥匙放在它旁边，就像她母亲过去那样。或许这些遗物真的拥有某种秘密属性，就像童话中，一把在危机关头抛到身后的梳子可以长成一片森林。

截至 1942 年 8 月 13 日，森林还没长出来，就在这天，她在维也纳阿斯邦火车站登上了前往明斯克的火车。盖世太保处理犹太人个人物品的部门闯进哈默—普格斯塔尔巷 3/12 号的犹太人集中公寓，花了两天半时间进行了清点和清空。小座钟已经停了。用来上弦的钥匙一如既往在它旁边。哈伊姆·萨菲尔将钥匙插入座钟外壳上一个椭圆形小开口，从这个开口看进去，可以看到钟摆，然后他把钟放进一个洗衣篮，那里面已经有一堆盘子、一个瓷花瓶、几只玻璃杯和一个水晶玻璃瓶在等待着被运走。哈伊姆·萨菲尔在物品之间塞了几件叠成块的衣服，以免东西碰碎了，然后他提起篮子带到楼下，并对克施汪特纳先生说：只剩家具了。克施汪特纳先生跟着他去检查，在房间里看了一圈，打开柜门，在床底下看了看，把一个小脚凳推到一边，随后一把将手提箱拉出来，这里面可能还有首饰，你这家伙。哈伊姆·萨菲尔说，抱歉，没看到手提箱。克施汪特纳先生说，这是个大家伙。盖子一开始还不肯弹开，后来终于打开了。真够重的，克施汪特纳先生对哈伊姆·萨菲尔说，全是书。他看了看书脊上写着什么，又说：全是歌德，又砰的一声关上了手提箱。

生存还是毁灭，他站起身说，咧嘴笑着。哈伊姆·萨菲尔点点头，没有看克施汪特纳先生。克施汪特纳先生用鞋尖踢了下手提箱，说：这个也拿下楼。

手提箱和座钟以及所有其他物品一起在仓库度过了周末。周一早上来了一位评估员，按价值对新到的物品进行盘点。装着座钟、玻璃瓶和餐盘的篮子被送到了弯树巷底楼的私人售卖点。那个手提箱看上去太破旧了，他都没有打开就说：那个也是。在弯树巷底楼，像这样的破旧手提箱以每件两马克的价格出售，但不允许事先打开看，就像"袋子里的猫"，要看运气，盲买，箱子连同里面所有的物品，肯定出人意料。报纸刊登了一条广告，说有一批新到货的家具和配饰，一位在战争期间刚结婚的新娘递交了看货申请，还附上了工资单，她确实贫寒，而且丈夫还在东部前线，她必须自己想办法维持生计。如果她拿到了邀请函，就可以带两个朋友或亲戚一起来。她真的收到了，所以她带了她的母亲和一个朋友。噢，你看，那个是不是很可爱，而且真的不贵。一个花瓶、一个水晶玻璃瓶、一套床品或一个盘子。来看看这个钟，可以从洞里看到钟摆，它可能已经不走了,哦,还是在走的,里面是什么在响?看,钥匙,我把它掏出来,小心,我来给它上弦,我的天,这个盘子真是美极了,没什么好惊讶的,那些是骗小孩的,少来,它是真的很漂亮,而且我要拿下这个手提箱,特别便宜,去吧,谁知道里面是什么,天呐,它好重,也许是石头,也许是个宝贝,我买之前能先打开看看吗?女士,看的话价格会更贵,好吧,既然您这么说,肯定也不会太糟糕,我干脆买下它,也许会有意想不到的收获,但我们要回家后再打开,为什么?我想知道里面是什么,咳,别老是这么好奇。钟敲了三下,才刚过九点半。多好听的钟声,我觉得钟声很烦人,我不觉得,我来把它调准,我觉得它很漂亮,我也觉得,你要一只座钟有什么用?每个人都需要。而且我会买这个盘子。那个犹太人的盘子?为什么不?周六我马上为它施洗:我要做一顿猪肘。

两年后,战争结束了,这位战时新娘有了一个女儿,而她的丈夫在俄国阵亡。这座古董小座钟无力地敲响和平年代生活中的所有钟点,从一到十二,一到十二,第二天再次敲响,从一到十二。它在房屋管理员拿着扫帚从外面进来撞到大门上的每个早晨敲响,上午女孩去上学,而女人在办公室时,它在空荡荡的公寓里敲响,它在下午喝咖啡、吃蛋糕的时间敲响,在唱着摇篮曲《月亮出来了》的晚上敲响,也在那个战争寡妇散开头发的深夜敲响,而她的丈夫再也不会将腰带搭在椅背上。在这样平静的雅利安人生当中,它从一敲到十二。

战争寡妇快五十岁时,她年迈的母亲去世了,她和此时已经长大的女儿清理遗物时在地下室找到了《歌德全集》——当时那只"袋子里的猫",现在闻起来有股地下室的味道,但没有发霉。隔壁那位总是坐在店里看书的古董店店主,为了这一文不值的玩意儿付给她一笔可观的钱。而那个破旧的手提箱,当时装满了东西也只花了两马克——如今里面装着她还可以用来打补丁的颜色各异的碎布。

这只座钟用微弱的声响在它随机进入的这个维也纳家庭中又敲了二十多年,每天从一点到十二点,然后又从一点到十二点,直到一天又一天结束。女儿现在有了自己的生活,外孙们来探望时,喜欢透过椭圆形的小洞观察钟摆,看它不知疲倦地来回摆动,但她不让他们碰,座钟需要除尘;这位女士看书需要戴上眼镜了;她感到走路变得越来越困难;可惜女儿来的次数太少,但又能怎么样呢?现在女人有时会在电视机前睡着,直到半夜钟敲响十二下时才醒来;孙子们真是被宠坏了;她早餐总是吃一个牛角包,她继续活着,活着,依然给时钟上弦,总是把钥匙放在它旁边。最后,当她生命的最后一小时敲完之后,这个女人就迎来了她平静的雅利安式的死亡。

她的女儿一点儿也不喜欢那些陈旧的杂物。公寓应该明亮空阔,而且她自己家里的东西已经够多了。天呐,母亲留下的都是些什么呀。装着碎布头的破旧手提箱立刻被扔进了垃圾桶,至于剩下的,瞧,那个古董店老板还坐在店里看书!他会不会想要这样一个座钟?确确实实是祖母时代才有的难得物件。没错,上弦的钥匙也还在,钟声会在整点敲响,发出多么清澈、亲切的钟声,正得人心。

5

店员的目光只从他的书页上离开了一下，二百八十先令，他说，然后继续阅读。于是男人给母亲买了微型画像坚定团结当作维也纳之行的纪念品。他在店里待了好一会儿了，却还没到一个小时，因此他并没有听到那口在他进门时报错时间的小座钟第二次敲响。回柏林的途中，他又有片刻想起了歌德，夜班火车上本来有一整个空卧铺可以给它。不过第九卷的书脊已有损坏，况且，谁知道他人生中还会不会有足够的时间去读完全套书，毕竟他确实已经不再年轻了。

6

周六迎来霍夫曼夫人九十岁的生日。在米尔纳夫人和施罗德夫人中间，她的位子上摆着一束养老院行政部门送来的鲜花和一小瓶起泡酒。她坐下后，雷娜特护士打出手势，于是所有还能唱歌的人都开始唱：我们欢聚一堂，庆祝你的出生，庆祝你今天过生——日。霍夫曼夫人于是知道了今天是她的生日,并感谢大家。米尔纳夫人向她点头致意,但也可能只是因为她觉得蜂蜜吐司味道很好,而施罗德夫人正专注于不要把咖啡洒出来。回房间的路上,雷娜特护士说:今天您儿子要来接您出去郊游,对吧,霍夫曼夫人?啊,这我不知道,霍夫曼夫人说。于是她希望在儿子来之前还能梳一梳头发,并且把外套上的果酱污渍擦掉。但即使只是将手臂举过头顶,对她来说也很困难。我的身体对我来说已经太大了,她对雷娜特护士说。来吧,护士说,我把您打扮得漂漂亮亮的,她从霍夫曼夫人手中接过梳子,在她稀疏的灰白头发上梳了几下,说,十一点我再过来送您下楼,好吗?当然,霍夫曼夫人说,当然没问题。

于是她和儿子坐在了某一片阳光下,某一片蓝天下,在充足新鲜的空气中,在世界的某个地方。

有你在真好,她说。

我也很高兴见到你。

这真是帮了我大忙,但对此你一无所知,你不知道也好,知道得多了也不好。

儿子沉默不语。

跟我说说，一路上还好吗？

儿子向她讲述了在维也纳的见闻，说起了纳旭市场和"博物馆"咖啡厅。

我真想去。

儿子说：我给你带了东西。

真漂亮，她边说边端详着威廉二世皇帝和弗朗茨·约瑟夫皇帝。

是在月光巷的一家店里买的，你知道那里吗？

你知道，我想活着，但我不能了。如果我死了，会有一个地方空出来，同时会有另一个地方被占用。

我爱你，儿子说着，握住了母亲的手。

真的吗？真好，她说。

她的手握在他温暖的大手中，冰冷、骨瘦如柴。

你知道的，她说，我感到恐惧，害怕一切会消失——害怕痕迹会消失。

什么痕迹？她儿子问。

我再也不知道从哪里来，要往哪里去。

儿子沉默不语。

广阔的天空中飘过几片云。两架飞机从极远的高空飞过，留下了尾迹，现在渐渐消失，又变回空旷的天空。儿子想起就在几年前，每当军事演习用的超音速飞机突破音障,在这样一片寂静中往往会传来震耳欲聋的巨响。现在俄罗斯人——所谓朋友——早已撤走,国家人民军的训练场已经搬到了别处,似乎法律也禁止再以演习为目的突破音障。现在是那么安静,天空几乎和狩猎采集时代一样空旷。

我想如果我们试着玩游戏,那将会是一场特别的游戏,他的母亲说。

柏林墙倒塌前四周,他的母亲因其毕生事业获得了国家一等奖章。她挽着他的手臂走到前面去领取证书和一个小盒子。现在他和她坐在树林边的长凳上,树叶在他们身后沙沙作响,他们面前是一片宽阔、缓坡的田野,小麦才到膝盖那么高,还是青绿色的。当风拂过田野,它看起来像一湖水。

我只是想告诉你,他母亲说,这是我愉快的,愉快美好的告别。

哦,母亲,他说,抚摸着她的背。

我,她说,还没克服对将来之事的恐惧。

有几个朋友想来庆祝母亲的生日,但他谢绝了。他是为母亲感到羞耻吗?还是因为他觉得母亲应该以过去的模样留在朋友们的记忆中?他在为谁着想?她,她的朋友们,还是他自己?

它从上往下降落到你身上——你不知道它从哪个方向来。我不知道，你可能也不知道。

是的，我也不知道。

他从来没有像现在这样知道得这么少。

他唯一知道的是，他的无知与她的完全不同。母亲不知道的东西就像一条深邃的河流，在它的彼岸，一定有一个与他生活的世界截然不同的世界。

我不知道怎么能认得出一个人。

我不知道我可以向谁索要一切。

他们是朝我们过来，还是从我们身边离开？

我不知道会发生什么。

我什么都不知道。

不知道什么时候大，什么时候小。

我不知道该怎么办。

我不知道哪里是我的家。

我不知道的东西太多了。

我不知道发生了什么。

慢慢开始，然后慢慢结束。我不知道我更喜欢哪个。

我不知道我的心是否会再次跳动。

我不知道有什么大的区别。

我不知道。

我不知道,也不理解。

我知道我所知道的——但这不能和名字混淆起来。

我相信这一切都是假装。

我相信就是那样。

母亲再也无法明白她从前明白的事,于是她横渡到了这片国度,在这里,她不再需要任何词语。这便是他的理解。有那么短暂、清晰而尖锐的一瞬间他意识到,如果他能陪她一起到达那里会如何:麦田从一开始就会在,以及他背后树叶的沙沙声,这片寂静会被那只存在于他记忆中而此刻缺席了的巨响填满。将这片寂静填满的那份记忆,与此时此刻行走在地面上的所有脚步一样真实,与他们此刻的摔倒、跳跃、爬行和沉睡一样真实,与此时无声地躺在地底或流淌着的一切一样真实:泉水、树根和死者。彼处布谷鸟发出的叫声真实得就像他鞋底下嘎吱作响的石头,就像夜间的凉爽,就像光线穿过他脚尖的落叶,就像他抚摸着母亲后背的手,感受着她变得很薄的苍老皮肤下的骨头,那些骨头很快就会裸露出来——短暂、尖锐、清晰的一瞬间,他意识到,如果听得见的和听不见的、远和近、内和外、死和生同时存在会是什么感觉，没有哪个会超过另一个，而一切同时存在的那个瞬间将永远持续下去。但因为他是一个人，一个中年男人，有妻子，两个孩子，一份职业，因为他的前方还有一段时间，在这段时间里，如果他有什么事不明白还可以查阅百科全书，或者问他的同事，所以他意识到的这份无言的知识也会突然离开，就像它突然降临。他还要度过好长一段尘世的时间才能用母亲的眼睛看到另一个世界，因为他还需要做最重要的一件事：前行。

我梦见我在做梦。

突然间这不再是梦。

7

那天晚上，儿子把母亲送回房间的时候，布施维茨夫人已经睡着了。在他母亲床边的桌子上放着一个洗干净的玻璃汽水瓶，上面粘着黏土。黏土被塑成一个红色的"90"的形状，"90"被一个黄色的圆环圈起来，圆环的四周放射着香肠形状的绿色和蓝色的光芒。瓶子里插着一朵玫瑰，一张生日贺卡靠在瓶子上，上面写着：衷心祝愿！——来自赞德先生和太太。赞德先生和太太是谁？她儿子问。好朋友，他母亲回答。啊哈，她的儿子说。离开前他拿起了微型画像，也将它靠在了瓶子上。坚定团结。

慢慢地，他母亲说，我想给我的负担起一个名字，一个合适的头衔。

需要帮忙吗？她儿子问。

好吧，母亲说。我强行将一个世纪抱在了怀里。我是说，现在。

我让护士来帮你换衣服，上床睡觉，好吗？

不知什么缘故，我们如此悲伤[*]，母亲说。

那我走了，母亲，儿子说。

好吧，母亲说，走吧，孩子，戴上帽子。

北纬 52.58867 度、东经 13.39529 度。

早晨六点电话响起时，儿子知道那只可能是打给他的。是在清晨四点到五点之间，真遗憾，这对他来说一定很难过，但对母亲来说或许更好，世人

---

[*] 化用自海涅的诗《罗蕾莱》("Lorelei")，原文是"不知什么缘故，我如此悲伤"。

都在神手中[*]。

接下来的一周,他每天都会在清晨四点十七分准时醒来,正是每天早上最寂静的时刻,就在鸟儿开始歌唱之前。有生以来第一次,他醒来时依然记得夜里的梦。

梦里,母亲的身体快入土了,但头还探在外面,问道:你是和我一起在乌法的那个人吗。是的,他回答,接着掀起十厘米厚的土,就像掀起一条毯子,将他两个孩子的照片塞给她。

随后他醒了,周围一片寂静。接着鸟儿忽然开始鸣叫,现在是四点十七分。

很多个早晨,他会早早地在这个只属于他的时刻起床。然后他走进厨房,在那里痛哭,他从未像这样痛哭,但当他流着鼻涕、吞下眼泪时,他依旧在想,这些奇怪的声音和抽搐是否真的是人类用以哀悼的全部。

---

[*] 化用自《圣经·传道书》9:1:"我将这一切事放在心上,详细考究,就知道义人和智慧人,并他们的作为,都在神手中。"

致 谢

我要感谢维也纳犹太社区档案馆（Archiv der Israelitischen Kultusgemeinde Wien）的沃尔夫-埃里希·艾克斯坦因（Wolf-Erich Eckstein）先生、维也纳城市和州立档案馆（Wiener Stadt- und Landesarchiv）、柏林艺术学院档案馆（Archiv der Akademie der Künste Berlin）、德国广播电台档案馆（Deutsches Rundfunkarchiv）和位于柏林下美丽堡的"以马内利之家"（Haus Immanuel）对我的作品的支持。